2
「おかえり、キミを待ってたよ」
クラスのギャルが、なぜか俺の義妹と仲良くなった。
JN020232

試験も近いし、勉強教えるよ
私が、『わかった』っていうまで
今日も付き合ってね？
高良井結愛
【たからい・ゆあ】
慎治の同級生のモテギャル。妹を大事に思い、家族をする慎治に惹かれて、家に入り浸っている

名雲慎治
【なぐも・しんじ】
高校２年生。義妹・紡希との関係に悩んでいたが、結愛との出会いをきっかけに家族の絆を深めていく
物理

名雲くんの方から、
もっと仕掛けないとダメだよ。
受け身をしていいのは、
プロレスラーだけなんだからね
ギャルと趣味の
お買い物
桜咲瑠海
【おうさき・るみ】
結愛の親友。隠れプロレスオタで、慎治の父・名雲弘樹の大ファン。同じレスラーを愛する同志だと慎治を認識していて……!?

ノートはちゃんと取らないとね
今日も放課後家行くから♡
席替えとハプニングで……

雰囲気に流されちゃおうとか
考えないの？　いい口実じゃん

お泊りの夜に……

こうやって独占欲出しちゃっても
しょうがないじゃん。
『彼女』なんだし

クラスのギャルが、なぜか俺の義妹と仲良くなった。2
「おかえり、キミを待ってたよ」

佐波 彗

ファンタジア文庫

3146

口絵・本文イラスト　小森くづゆ

■プロローグ……… 04

■第一章【リスタート】……… 11
◆1【非日常が、今では日常】
◆2【プ女子の警告】
◆3【できればずっと、ホラー耐性がないままでいてくれよな】
◆4【俺の教え子が手を出そうとしてくる】
◆5【元・後ろ姿の専門家】
◆6【炎天下での密会】
◆7【フェイスはやめなよ、フェイスは……】

■第二章【名雲《なぐも》家の新たな風景】……… 65
◆1【俺の隣はボソッとデレるどころかディスってくるぞ】
◆2【シットダウン式嫉妬】
◆3【いつでも来ていいからな】
◆4【闘いの聖地と日常系の総本山が同居する異空間S道橋編】
◆5【初めてのプレゼント選び】
◆6【新たなる客】
◆7【義妹の親友がやってきた】
◆8【義妹の周りの優しい世界】

■第三章【俺にできない闘い方】……… 148
◆1【親父の探しもの】
◆2【昼休みの尊い空間】
◆3【真名と新たなる賑わい】
◆4【初めてのガチ】
◆5【プロレスラー・名雲弘樹の答えの出し方】

■第四章【合宿の逆襲】……… 201
◆1【調子が悪くて調子いい結愛】
◆2【前日なかなか寝付けなかったパターン】
◆3【『彼女』の家】
◆4【『彼女』と夜を迎えたら】

■第五章【俺にできる闘い方】……… 245
◆1【試験が終わったら俺はどこで存在感をアピールすればいいんだ?】
◆2【陽キャの光が強くなるほど陰キャの影は大きくなる】
◆3【実は結愛も使ったことがあるホームジム】
◆4【プレス系の技は受けが肝心】
◆5【ペンを握れるなら実質ノーダメージ……にはならず】
◆6【怪我の功名】
◆7【ヒールターンはブレイクの予兆】
◆8【自転車がないと帰り道もゆったりモード】

■エピローグ……… 302

あとがき……… 307

contents

■プロローグ

「ねーえ、紡希《つむぎ》ちゃん、これなんだと思う？」

我が家のリビングにあるソファに腰掛けた結愛《ゆあ》は、隣に座る紡希に問いかける。

「うちの鍵だよね」

「んふふ。そーなの。そーなんだよね」

結愛は、頬に手を当ててにんまりとし、胸元から取り出した鍵をじゃらりと紡希に見せびらかした。

「この前慎治《しんじ》からもらっちゃったやつ〜」

「これで結愛さんもわたしたちの仲間入りだね」

ご機嫌なのは紡希も同じで、結愛とハイタッチなんぞをする。

名雲《なぐも》家の団らんに結愛が参加した時に渡した合鍵は、ネックレスにしか見えないチェーンを通した状態で結愛の首からぶら下がっていた。

もちろん、俺と結愛の関係は学校の連中には秘密だから、学校にいる時は隠している。

当初結愛は、まったく隠そうとしなかったので、俺が必死で止めてこうなった。

結愛は、向かいの一人がけソファに座る俺の前までぴょんとひとっ飛びでやってくると。

「これ、『俺の心のロックも解錠してくれよー』ってサインだよね？」

「やめろ。変な解釈した上に俺の胸に鍵を押し付けるな……」

「でも慎治、私がいないと寂しくなる体になっちゃったんでしょ？」

にーやにやしながら、尚《なお》も鍵をグリグリしてくる結愛は、俺の膝にちょこんと腰掛ける。尻を膝に押し付けるの、やめろよな。しかも今、制服のスカートでしょうが。俺の心臓ちゃんが爆発する前にやめてくれ。

「違う、俺じゃない。紡希が寂しがるから……」

「あっ、シンにぃまたウソついてる！」

向かいの紡希が、ぷくぅと頬を膨らませた。

「結愛さんが帰っちゃって寂しくなったシンにぃが、結愛さんの名前を呼びながら夜の町中を駆け抜けたこと、わたし知ってるんだからね！」

そんな甘酸《あまず》っぺー青春映画みたいなこと、したかなぁ……。

結愛に名雲家の合鍵を渡したことは後悔していないけれど、困ったな、と思う時がある。

名雲家の鍵を手にした結愛は、俺が想定していたよりも嬉《うれ》しそうで、ことあるごとに鍵の存在を主張する。まあ、それはいいのだが、『俺が鍵を渡した』ことに必要以上の意味を付け加えていじってくるから、俺としてはとんでもないことをした気になって、恥ずかしくなることがある。

俺と結愛は、付き合ってはいない。

あくまで、紡希を安心させるために、紡希の前でだけ恋人同士を演じているだけだ。

結愛だって、親切心で付き合ってくれているだけ。

そう思っていたのだが、最近では、本当に俺のことを好きなんじゃないの？　と思い上がってしまうことも増えた。

……まあ、ここに至るまでに色々あったわけで、その上で『え？　慎治のことはただの友達としか思ってないんだけど？』などと言われたら女性不信になりそうだけど。

「そうやって浮かれまくって注意力が散漫になるんなら、その鍵取り上げちゃうからな。うっかり道端に落として悪い奴《やつ》に拾われでもしてみろ。我が家に侵入されて紡希が被害にあってしまうかもしれないんだぞ」

俺は、いまだに俺の左膝に座ったままの結愛に警告をする。

「大丈夫だよ。落とさないから。ちゃんとわかりやすいとこにしまってあるし」

俺の顔を見上げる位置まで首を傾ける結愛は、金に近い栗色《くりいろ》の髪を肩から零《こぼ》す。

「わかりやすいとこってお前……」

それが問題なんだよな。

胸が大きいことに定評がある結愛は、なんと鍵の部分を谷間に押し込んで隠していた。

これじゃ『鬱陶しいことばっかりするからやっぱ没収な』なんて取り上げることもできやしない。

「慎治が鍵失《な》くしちゃった時は、言ってくれればすぐ貸してあげるから！」

満面の笑みで胸元に親指を向ける結愛だが、あいにくそんな機会は一生訪れることはないだろう。結愛の胸の間から出てきた鍵なんて、恐れ多くて触れられないだろうから。

「そうだ、せっかくだから今、鍵取る時の練習しとく？」

出た。にや～っ、としたこの顔。完全にからかいモードに入ってやがる。

「いい。やらない」

「なんで～。やろうよ～」

「俺は鍵を失くさないから、練習する必要もない」

「一緒に鍵を差し込んで回そうよ～」

「なに初めての共同作業感出そうとしてるんだよ……」

「もう、シンにぃったら、また照れてそういうこと言う！」

いつの間にやら目の前にやってきた紡希が、何やら憤慨しながらも、ぬるりと俺の隣に滑り込む。一人がけのソファだから、義妹と偽《にせ》彼女に挟み込まれる俺は二つの意味で肩身の狭い思いをすることになる。

「ダメだよ、そんなことばっかり言ってたら。結愛さんに嫌われちゃうんだから」

相変わらずフグみたいな頬の紡希に、何度も肩をぶつけられてしまう。

「わたし、シンにぃにはもっともっと結愛さんと仲良くなってほしいんだよね」

突然、紡希は夢見心地な顔になる。

「シンにぃは、もっと結愛さんに素直にならなきゃ」

紡希は、俺と結愛が付き合っていると勘違いしているし、今のところ、本当のことを明かす気はなかった。

あくまで『彼女のフリ』だというのに、もはや単なるクラスメートとは呼べない関係性になったことに、舞い上がってしまうことがある。

「慎治、せっかくだし、今ここで『好き』って言ってくれていいんだよ？」

「やめろ。いじるな」

「シンにぃ、結愛さんがああ言ってるんだよ、ほら、今がチャンスだよ」

「俺にもタイミングってものがあってだな……」

俺が渋ると、両サイドの美少女が物理的にも精神的にも圧を強めてくる。

「そういうのはホイホイかんたんに言っていいものじゃないんだよなぁ」

俺は、美少女サンドイッチから逃げるようにソファから立ち上がり、キッチンへ飲み物を取りに行くフリをする。

不満そうにする女子陣を背にして、俺は思う。

別に俺は結愛を煙たがっているわけではなく、できることならもっと仲良くなりたいと思っている。

結愛と仲良くして盤石の関係性を築くことは、紡希の幸せに繫《つな》がるからだ。

だが、果たして俺は、今になっても「高良井《たからい》結愛と仲良くしているのは、紡希のため」と言い切れるだろうか？

もしかしたら俺は、紡希のことと関係なく結愛と一緒にいたい、と、そういう思いがあるのではないかと想像して、みっともないくらい頬に熱を感じてしまった。

■第一章【リスタート】

◆1【非日常が、今では日常】

昼休み。

俺は、赤茶けた錆《さび》が目立つ非常階段に腰掛けていた。

教室内で会話する相手がほぼ皆無な俺にとって、ここはいつでも憩いの場である。

グラウンドと体育倉庫に挟まれた、陽《ひ》の当たらない薄暗い空間は、俺のようなぼっちにはうってつけだ。

そんな人気《ひとけ》のない場所なだけに、クラスメートから離れて一人で昼食&勉強する、という至極まっとうな理由ではない非常識な使われ方をすることがある。

告白である。

「――頼む、オレと……付き合ってくれ！」

ちょうど今も、俺の頭上にある踊り場で、どこかの誰かが告白なんぞをしている。

ここは薄暗くて静かだから、やたらと告白の場所に使われるのだ。

逆に言えば、告白以外にこの場所に来ようとする人間なんていない。

そんな奇特な人間、俺くらいなものだからな。

「ごめん、いま私、友達と一緒にいる方が楽しいから」

告白男による熱のある言葉をさらっと受け流すような返事が響く。

単なるお断りのための定型文を口にしているのではなく、本当に友人付き合いの方を大事にしているんだな、と、告白男がすんなり受け入れそうな説得力を含んで聞こえるくらい声が弾んでいた。

「ほとんど毎日家に行くくらい、その子とは仲良くてね、ご飯も一緒に食べちゃうくらいで。それにその子の妹もめっちゃ可愛《かわい》くて、この前お泊りした時なんか可愛くて可愛くてなんかもうめんこいっていうかー」

『彼女』のまくしたてるような早口は、語彙力を失った分だけ熱意がこもっていた。

こっちの頬まで熱くなるのはどういうわけだろうなぁ……。

ていうか、やめろ。その辺にしておけ。お前、目の前じゃなくて下にいる俺に向かってそれ言ってるだろ？　こっちへ聞かせるの前提だろってくらい声デカいんだよ……。

「わかった……そんなに楽しいなら、彼氏のことなんて考えるヒマないよな……」

告白男は、気落ちしながらも納得した様子で、非常階段から去っていった。

告白は終わり、人気のない場所に相応《ふさわ》しい静寂がやってくる。

……ことは、なく。

「ねーえ慎治《しんじ》、早くお昼にしちゃおうよ～」

騒々しい足音を鳴らしながら、『彼女』が階段を駆け下りてくる。

満面の笑みでやってきたそいつは、俺が座っている段の一段上に腰掛けると、背後から抱きしめるように両腕を絡《から》みつかせてきた。その手には、弁当でも入っているのであろうランチバッグがぶら下がっている。

「結愛《ゆあ》……」

背中に感じる、いまだに慣れることはない感触のせいで視線を彷徨《さまよ》わせながらも、名前を呼びかけて咎《とが》めようとするのだが、結愛はお構いなしだった。

高良井《たからい》結愛は、クラスメートであり、俺の義妹の友達だ。

金に近い明るい色の長い髪に、夏服で肌を出しているせいでより艶《なま》めかしく見える白い肌をしていて、いかにも気の強そうな目元に見えるようにメイクしている、背が高くて胸の大きな女子だった。

「なぁに？」

結愛は、俺の目の前で手元のランチバッグをぶらんぶらん振る。

「……あんまり危ういこと言うなよなぁ」

俺と結愛に交流があることは、とある一人を除いて学校にいる連中は誰も知らない。バレようものなら俺は全校男子から攻撃の的にされかねないのだ。

「でも、ちゃんとうまく断れたよ？　あれだと傷つけなくて済むし、本当のことだし」

「まあ、結愛の身の安全も大事なんだけどさ」

結愛に告白してくる数多《あまた》の男の中には断られても強硬手段に出ようとするたちの悪い輩《やから》だっているかもしれないし、無事にやり過ごせたのならそれはそれで良いことなので、俺はあまり強く言えなかった。

告白を断りまくっていたことで、一時期は告白される回数も減っていたものの、ここに来てまた増え始めていた。

その原因は、なんとなくだがわかっていた。

結愛は以前よりも、表情が柔らかくなっている気がする。

元々、誰が相手でも明るく親切に接する性格で、だからこそありえない数の告白を受けているのだが、ここ数日に限って言えば、始終頰が緩みっぱなしに見えた。

その間の変化といえば、俺が合鍵を渡したことで名雲《なぐも》家のレギュラー格メンバーに昇格したことなのだが、そこに理由を見出《みいだ》すのは、傲慢と思い上がりが甚だしいように思えてしまって素直に認められない。

「それよりさぁ、ほら、私ちゃんとつくってきたよ？」

結愛が俺の隣に腰掛ける。人間二人がどうにか並んで立てる程度の横幅しかない階段なので、座ると窮屈に感じ、腕同士がめっちゃ当たる。

こちらの顔を覗《のぞ》き込むように身を乗り出した結愛の手には、ランチバッグから取り出したばかりの弁当の包みが二つあった。

「そうか。結愛も食欲を隠さないで常人の倍は食うことをオープンにする気になったんだな。たくさん食べることは、いいことだ」

「違うよ！　こっちは慎治の分！」

ずいっ、と、ファンシーなウサギの絵柄の包みを押し付けられてしまう。

「この前、慎治に『お昼ごはんつくってきてあげる』って言ったじゃん？」

「いや覚えてるよ。ありがとう」

だから手ぶらでここまで来たわけだし。

「でも結愛の負担にならない？」

結愛は、昼は購買かコンビニで購入したものを昼食にするのがいつものことだった。告白で呼び出されるせいで昼休みを潰されていた都合上、短時間でもかんたんに食べられるものを昼食にしていたせいで、すっかりそんな習慣がついてしまったらしく、現在も変わっていなかった。一人暮らしの結愛にとって、弁当をつくるとなると、その分朝の大事な時間を削られてしまうから、俺には申し訳無さがあった。むしろ俺が結愛のために弁当を用意したっていいくらいだ。

「えー、まだそんなこと気にしてたの？」

早速弁当箱を開けて白米に箸をつけていた結愛は、眉をハの字にする。

「確かにちょっと早起きしないといけないから、面倒かも、とは思うけどさ、慎治のためって思ったら楽しかったよ？」

これ以上ないくらいの笑みを浮かべて、結愛が言う。

「私ってけっこう朝ニガテなんだけど、『あ〜、慎治の弁当つくんなきゃ〜』って思ったらスッと起きれちゃったんだよね。目標があると違うっていうか」

結愛は負担に思うどころか、むしろ楽しんでくれているらしい。

俺の存在がポジティブな影響を与えているとわかると、なんだか胸の底が熱くなった。

俺は結愛を直視できなくなり、手元の弁当箱に視線を落とす。白や緑や赤や黄に加えて、アクセントになっている茶色。俺だったら彩《いろど》りよりもカロリー重視にするせいで地味な絵《え》面《づら》の陰キャ弁当になってしまうところを、結愛は華やかに仕上げていた。なんか見てるだけで視力が良くなりそうだ。

だが、どうしても気になることがあった。

俺は結愛の手元に視線を移す。

「口付けたところ悪いんだが……俺のと結愛の、逆じゃない？」

俺の分は一段の弁当箱なのだが、結愛の方は二段だった。おかずと白米が上の段と下の段で綺麗《きれい》にゾーニングされているヤツだ。

「ううん、合ってるよ。こっちが私の」

しれっとした顔で結愛が言う。膝の上にあった弁当箱を俺の手が届かない方へとスーッと移動させたように見えたのは気のせいか？

「二人分のお弁当なんてつくったことないからさー、ちょっと余っちゃったんだよね。そのままにするのももったいないから、せっかくだし二段の方に詰めちゃえって思って」

「……わからんでもないが、多い方は男子の俺の分にしようとは思わなかったのか？」

「つくったのは私なんですけど？」

いきなり生産者マウントをしてくる結愛。

さてはこいつ、俺のため、ということ以上に、自分の食欲を普段以上に満たせる大義名分ができたから弁当作りに充実を感じていたのでは？

「わかったよー、慎治ったら食い意地張るんだから」

俺の視線の意味に気づいたのか、結愛は自身の弁当箱を元の位置に戻す。

「冷食じゃないよ、昨日の夜から仕込んでつくったんだ」

すると結愛は、おかずゾーンの中で王者のごとく君臨していたからあげを箸でつまみ、こちらの口元へ寄せてくる。

これは……食え、と俺に言っているのだろうか？

結愛が手にしているのは結愛が使っていた箸だ。

間接キスをとても気にする俺には、容易に飛びつく気にはなれなかった。

「私の分が多いのは、慎治にあげる分もここに入ってるからだよ」

結愛は言った。

「まー、めっちゃ食う人だ、って慎治から勘違いされちゃったあとじゃ信じてくれないかー」

寂しげに笑う結愛を前にすると、恥ずかしいからいらないよ、と拒否する選択肢は消滅する。

今更、間接キスがなんだ。

おふざけ半分の軽い程度とはいえ、すでに俺は結愛とは間接どころか直接キスを済ませてしまっているのだ。

　意を決した俺は、エサに釣られる魚のごとく結愛の箸に飛びついた。

　俺の口にからあげが一個まるごと入り込んだことを見届けた結愛は、満足そうに微笑《ほほえ》む。

「どう？」

「……美味《うま》い」

　つくってから時間が経《た》っているから、当然温かくはないのだが、衣がしっとりしようとも一瞬で美味いとわかる味わいだった。

　やっぱ料理の腕じゃ敵《かな》わんな……と思いながらモグモグしていると、唐突に結愛が身を乗り出して鼻先を寄せてくる。

　結愛の唇が近づくと、不意打ちキスの一件を思い出してしまうのだが、結愛はすんすんと鼻を鳴らし始めた。

「よし、にんにくのにおいはしないね」

「に、にんにく……？」

「控えめにしといたんだよ」

　ピリッとした辛味は効いているけれど、にんにくの味はあんまりしないな。

　まだ午後の授業が残っているから、その辺の配慮をしてくれたのだろう。まあ俺は教室内では滅多に口を開かないから、臭いの心配をする必要がないのが悲しいが……。

「慎治の口からおいしそうな匂いがしてると、吸い付いちゃうかもしれないからさー」

どうやら俺の見立ては違っていたらしく、食いしん坊キャラへの転身を狙っているのでは、と思えそうな発言をぶっこんでくる。

結愛、食欲と性欲がごっちゃになってるんじゃねーの？

などと口にしようと思ったのだが、結愛のせいで先日のキスの一件を思い出してしまい、恥ずかしくなって何も言えないまま、俺はもくもくと食事の続きに戻るしかなくなるのだった。

◆2【プ女子の警告】

放課後になる。

結愛は友達と遊ぶらしく、名雲家へは来ない。

名雲家にいる率が高い結愛だが、陽キャの結愛は友達付き合いも大事にしているから、うちに来ない日だってある。

周囲の視線を気にしてしまう俺の都合上、学校で話せるのは昼休みの時くらいだから、結愛が来ない日は必然的に関わりが減ってしまうので多少寂しくもなる。

……これは別に、俺が結愛を激しく求めているのではなく、結愛がいないと紡希《つむぎ》が寂しがるからである。寂しそうな紡希を見ると俺まで寂しくなっちゃうからな。俺がいるのにどうして寂しがるのだろう、と考えたくもないし。

まあ今の結愛は、名雲家の合鍵を持っているのだ。友達と遊び終わった後にうちへ寄ることだってあるだろう。

何故《なぜ》か胸が軽くなるのを感じながら帰り支度をしていると。

「――名雲くん」

声は、俺の目線の下から聞こえた。

視線を下げていくと真っ先に見えるのは、校則違反上等のピンク色をしたツインテールだ。小柄ながらそこそこ大きな胸……を凝視するとエルボースマッシュを食《く》らいそうなので慌てて視線を目元に戻すと、高校生のわりには顔のパーツが丸っこい可愛《かわい》らしい顔立ちがあった。

ぱっちりとした大きな瞳が、俺に向かっている。

「ちょっとこっち来なさいよ」

ここで口答えをすると面倒なことになるので、俺は逆らうことなく教室の隅にある掃除用具入れの前までついていく。

孤高の男ことぼっちな俺だが、実は教室内で会話をする相手がいる。

それがこの、桜咲瑠海《おうさきるみ》だ。

桜咲は、可愛らしい見た目とは裏腹に、邪《よこしま》な目的で結愛に近づく男子への当たりが厳しいことから、クラス内では恐れられていた。

だからこそ、桜咲瑠海は同じ美少女ながら、結愛と比べると正統派扱いされていないので、俺みたいなモンでも割と気楽に教室内だろうが話すことができた。

以前は、俺もまた桜咲から蛇蝎《だかつ》のごとく嫌われていたのだが、とある共通した趣味を持っていることで、当たりはずっと柔らかくなっている。俺だって好きでぼっちでいるわけではないので、刺々《とげとげ》しさが減った桜咲から声を掛けられるのは嫌ではなかった。

桜咲は何か言いたそうだったが、周囲をきょろきょろして、クラスメートの動向を気にしている。

ああ、これは『アレ』の話をしたいんだな。

そう察した俺は、教室からある程度人の気配がなくなるまで待つことにした。

「桜咲さんは、高良井さんと遊びに行かなくていいのか？」

次第に人影が減っていく教室の中に、結愛たち陽キャギャルグループの姿はなかった。

ついさっき結愛が、親友である桜咲を置いて早々に教室をあとにしたから妙だとは思ったのだが。

「それとも今日は、あっちのグループと遊ぶのか？」

教卓の周りに集った、これまた華やかな雰囲気で陽のオーラを発する女子たちが、楽しそうに何やら話し合っていた。

「永見《ながみ》たちと瑠海は放課後はあんまり絡《から》みないよ」

桜咲が言う。

うちのクラスにもやはりスクールカースト的なものがあって、カースト最上位にいる桜咲は同じく目立って華やかな女子とよくつるんでいた。それだけに、放課後の付き合いがないのは意外ではあった。

「永見たちんとこは、生徒会に入ってたり部活やってたりする子ばかりだから。放課後に遊んでるヒマなんかないでしょ」

「そういえばそうだな……」

結愛たちギャルグループも、華やかさでは同じだが、結愛を含めて部活に入っている人間はいなかった。その分、バイトやら遊びやらに精を出しているようだが、同じ陽キャグループでも正統派っぽい感じはしないんだよな。ちょっとだけワルの雰囲気がある。

「名雲くんでもわかるように言ってあげると、あっちが本隊だとしたら、瑠海たちはCHA〇Sなんだよね」

「なるほどなぁ。微妙な違いがあるんだな……」

俺は納得してしまうのだが。

「おい、ここで言っていいのか……ってもうだいぶいなくなってるな」

実は桜咲は、大のプロレスファンだった。

そのことは親友の結愛にすら秘密なので、誰かに聞かれていないか周囲を警戒してしまう。幸い、瑠海と密な関わりを持つ陽キャグループはいなくなっていた。

桜咲から嫌われまくっていた俺が、こうしてまともに話せるようになったのは、俺が彼女と同じく『名雲弘樹《ひろき》』というプロレスラーのファンだと思われているからだ。

別に俺はファンじゃないけどな。ついでに、プロレスオタクことプオタでもない。準関係者なだけだ。名雲弘樹は俺の親父《おやじ》である。知られると絶対に面倒なことになるから、桜咲には教えていないけどな。

「ふっ……時は来た」

「言ってるお前が笑ってどうするんだよ」

「ねぇ、名雲くん、名雲くんならもう知ってるでしょ⁉」

声を一オクターブくらい高くしながら瞳を輝かせる桜咲は、俺の両手を握ってぶんぶん振った。だから、手ならいいけど両手首を握るのはやめろって言ってるだろ。プオタならそれがどれだけ危険なことを意味するか、わかってそうなもんだけどなぁ。

「ああ、名雲弘樹のアメリカ遠征の話か？」

「そうそう！」

ご機嫌極まりない桜咲は、俺の手首から両手に手の位置を変えると、がっぷり手四つになっているような姿勢になった。身長差があるから、桜咲はつーんとつま先立ちをしている。肉離れしないように気をつけろよな。

「今のシリーズが終わったら、アメリカ行くんだって！　まー、まだ噂《うわさ》レベルだけどー」

「でも確定じゃないかな。たぶん、行くだろ。名雲弘樹の性格を考えたら……」

親父のアメリカ行きの話は、噂ではなく事実だ。ソースは本人。

俺にとってはただのデカいおっさんでしかない親父だが、海外ではジャパニーズ・レジェンドとしてやたら持て囃《はや》されていて、規模の大小問わず海外のプロレス団体からの参戦オファーが絶えなかった。

その手の話は数年前から頻繁にあったらしいのだが、親父は一人息子の俺がまだ義務教育を終えていないことを理由にオファーを断り、日本で、それも、都心やビッグマッチ限定で試合をする契約をしていたそうだ。

俺は高校生になり、たいていのことはもう一人でもできるし、懸念《けねん》だった紡希の問題も結愛のおかげでどうにかなっているから、親父には今までの分も好きなだけ試合をしてもらいたいと思っている。親父が海外へ遠征することに何の異論もない。

それから俺は、夕方になるまで教室に残り、桜咲のプロレス欲の解消に努めていたのだが。

「あ、でも勘違いしないでね」

「なんだよ急に……」

スンッ、って真顔になるなよな。

「瑠海はまだ結愛っちと名雲くんが付き合ってること、認めたわけじゃないから！」

ふんす、と鼻息荒く、桜咲が胸の前で腕を組んでふんぞり返る。

「また混ぜっ返してくるのか……」

プロレスという共通項により、以前よりずっとフレンドリーになれたものの、実は結愛を巡る抗争は終わっていないのだ。

桜咲は、俺と結愛に深い関わりがあることを学校内で唯一知る存在で、俺たちを『恋人同士』だと思っている。以前、俺を『結愛の彼氏』として不適格と考えた桜咲は、俺たちを別れさせようとしたことがあった。

喫茶店に呼び出されての一騎打ち状態になったものの、俺は桜咲が納得のいく答えを出せていなかった。たまたま俺が桜咲のプロレス趣味を理解できたことで、趣味仲間を欲《ほっ》していた桜咲の態度が軟化しただけのこと。

そもそも俺と結愛は付き合っていないのだ。本当のことを話せば桜咲は納得し、このいざこざも解決なのだが、結愛の親友という立場上、何らかの拍子に紡希と関わり合いになって真実を吹聴《ふいちょう》されたらマズいことになる。

結愛とのことは、俺たちだけの秘密にしておかないといけない。

「結愛っちが瑠海と同じくプロレス大好きなら、相手が名雲くんでも納得できるんだけどー。結愛っちはそうじゃないし。なんで相手が名雲くんなのか、まだわかんないんだよね」

腕を組んだ桜咲は、むむむと渋面を作り、俺を見る。

「ぶっちゃけ、プオタ要素抜きにした名雲くんって……しょっぱいし」

しょっぱい。それは、観客を熱くさせるような試合ができないプロレスラーを指す侮辱の言葉……。今じゃ別のスポーツでも使われることがあるけれど、どちらにせよいい意味で使われることはない。

「しょっぱいってお前……どれくらい？」

「うーん、例えるなら……ビッグ・パパ・パンプ？」

とんでもなく侮辱的な例を出されるが、ここで怒るわけにもいかない。自分の塩分の濃さを認めるようなものだ。沈まれ、俺。頭の中で腕立て伏せをして気を落ち着けるんだ。

「……わかったよ。入場するのに警報鳴らさないし、鎖帷子《くさりかたびら》みたいな頭巾は外すし、ヘッドギア付けた兄貴呼んでくるから、それならいいだろ？」

「名雲くんはさー、その鎖帷子がここにくっついてるんだよね」

桜咲は、右手を拳にして、とんとん、と左胸を叩《たた》く。

「名雲くんは、まだ結愛っちに壁つくってるところがあるんじゃない？」

見てないから知らないけどさぁ、と桜咲は寂しそうな表情を垣間見《かいまみ》せながら、右の拳を頭上に掲げた。

俺は桜咲の拳に自分の拳を合わせてやりながらも、その指摘に耳が痛くなってしまう。

俺と結愛は……付き合っているわけではない。結愛は、友達と言うには近すぎる距離感になることがあるが、それは結愛なりの親しさの表現に過ぎず、俺の方から似たようなことはできなかった。俺が結愛と同じことをすれば、それこそ『恋人同士』になってしまうからな。

結愛との関係性が曖昧なせいで何かと戸惑うことが多く、そんな俺の振る舞いが、桜咲からすれば『付き合っているのに冷たい態度を取るヤツ』に見えて、不満に思ってしまうのだろう。桜咲の前では、結愛のことはいまだに『高良井さん』呼びだし。

桜咲は、品定めをするように上から下へと視線を移すと、大きくため息をついた。

「あとやっぱり、結愛っちの彼氏は身長180センチ以上あって体重100キロ超えの筋肉質なヘビー級男子であってほしいし……」

「それ桜咲さんの好みだろ……」

別に俺、桜咲と付き合ってるわけじゃないしな。

「名雲くんって170ちょっとじゃん？　ヘビーは無理でしょ」

「ワンチャン石○ちゃんになれる可能性はあるだろうが」

「名雲くんは○井ちゃんみたいに気が強くてガッツがあるタイプじゃないでしょうが。よーするに結愛っちを守ってくれるくらい強い人がいいの」

ぐうの音も出ない。俺は、強くはないからな……。

結愛を守れるように、という条件なら、別に体格に物を言わせるだけが強さではないと思うのだが、だからといって精神面の強さに自信があるわけでもない俺は何も言えなかった。悔しい。

「だからー、瑠海としては、やっぱまだ結愛っちと名雲くんが付き合うのは反対かなって」

「……じゃあ、この前言ってたみたいに、本当にクラスの連中に『あの人たち付き合ってるよ』って話して回るのか？」

以前桜咲は、釣り合いが取れていないカップルだと喧伝《けんでん》してクラスメートのヘイトを向けて別れさせる、という方法を取ろうとしたことがあった。

「しないよ」

はっきりと、桜咲は言った。

「名雲くんのこと、結愛っちの彼氏としては認めてないけど……瑠海の友達だもん。いくら瑠海だって友達が悲しむことはしないよ」

「友達……」

「あっ！　別に深い意味なんてないんだから！　前も言ったけど、名雲くんは瑠海のプロレス欲を解消するためだけにいるようなものだもん！　人間として見てないんだからね！　そう、あんたなんか○シヒコなんだから！」

顔を真っ赤にする桜咲が、ピンク色のツインテールと拳を振り回す。

「いや、たとえ俺が桜咲さんにとって取るに足りない空気人形だろうと……『友達』と呼んでくれた、それだけで俺は嬉《うれ》しいんだ」

「えっ、うそ？　目ぇ潤んでない……？　あんた今までどれだけぼっちだったの……？」

桜咲から驚愕《きょうがく》されてしまう。お前にはわからないだろうな。どうせ小学生の頃からスクールカースト最上位層の生活を謳歌《おうか》してきたのであろう陽キャには、俺の悲しみはな……。

俺の境遇を勝手に想像して同情したらしい桜咲は、慌てふためきながら。

「わたしだって、妹に『お姉ちゃんは趣味のことになると周りが見えなくなるから、付いていける友達がいるか不安だよ……』って余計な心配されてぼっち扱いされることあるんだから。うちらみたいなプロレス者は、理解されないものなの。だから、あんたも元気出しなさいよ」

へえ、桜咲って妹がいるんだ、などと思いつつ、俺は桜咲のフォローが嬉しかった。

「でも、結愛っちが困っててもあんたが自分のことしか考えないんだったら許さないけどね」

今度は厳しくなる桜咲。

やはり親友のこととなると、その相手にはしっかりしてほしいと思うものなのだろう。

結愛との関係性は、俺からすればまだまだ曖昧なのだが……少なくとも、結愛が悲しむようなことはするまい。散々世話になってるんだからな。

結局桜咲は、手心を加える気はないようだ。

今日は桜咲が友達扱いしてくれただけでも、よしとするか。

◆3【できればずっと、ホラー耐性がないままでいてくれよな】

桜咲のせいで、改めて結愛との付き合い方を考えないといけなくなった俺は、ぼんやり自転車を漕《こ》ぎながら家に帰った。

「ただいまー……」

うわの空のまま、機械的に帰宅の挨拶を口から吐き出す。

「シンにぃ、おかえりー」

俺を呼んだのは、肩を越す程度の長さの黒髪に艶やかな輪を浮かべた、天使のように可《か》愛《わい》らしい小柄な女の子だった。

俺の義妹である、紡希だ。

先に帰っていたのだろう。玄関までやってきた。

結愛のおかげで、俺と紡希の間に漂っていたぎこちなさが消えてから、こうしてお出迎えをしてくれることはそう珍しくないのだが……。

「ほら、早く入って入って」

俺の腰にまとわりつく熱烈なお出迎えをされるのは初めてだった。

やたらと人懐《ひとなつ》っこい紡希の顔をじっと見ていると、笑みに後ろめたいものが混ざって見えた。

そして、リビングのテレビに映っている、おどろおどろしい絵面《えづら》。

「……紡希、だから一人でホラー鑑賞はやめなさいって言ったでしょうが」

紡希は大のホラー映画好きなのだが、怪物に追いかけられたり血がドバっと出まくったりするフィジカルなタイプの洋モノホラーは得意でも、心霊現象的な和モノのホラーは苦手なのだった。異形の怪物やスプラッタは大げさな分フィクションとかんたんに割り切れるが、心霊系は実際にどこかで遭遇するのでは？　と疑う恐怖があるからな。俺も、どちらかと言えば苦手だ。

その手のホラーを観《み》る時は、いつも俺を隣に置いていたものだが、一人で観ようとしたのは紡希なりに成長したい意思の表れなのかもしれない。

「そんなことないよ！　苦手なのなんか、ないし！」

頰を膨らませた紡希は、俺の胸に頰を押し付け、ぷひゅっ、と息を吐き出す。

「そうだよな、紡希は貞○も呪○の白いガキも全然怖くないもんな」

紡希は、と〜っても可愛いのだが、少々見栄《みえ》っ張《ぱ》りなところがあって、身内の俺相手でも背伸びをしようとする。

そんな紡希の態度は、あえて年齢以上に大人であろうとすることで、母親を失った悲しみを乗り越えようとしているようにも見えたので、注意する気にはなれなかった。

ぼっちな俺と違って、紡希は友達がいるちゃんとした学校生活を送っているから、見栄を張ったところで人間関係に失敗することはないだろう。

俺は紡希に手を引かれて、リビングまで向かう。

「怖いからじゃなくて、シンにぃをお出迎えしたい気持ちでいっぱいになっちゃっただけなんだから」

俺をずんずんリビングへと引き込みながら、紡希が言う。

「はいはい、サンキューな」

「シンにぃが観たいと思って、いいところで一時停止して待ってたんだよ」

「そうだな。ホントにいいところでストップしたな」

リビングにあるワイドなテレビに目をやると、長い髪の白装束の女が画面の端にちらりと現れそうになったまま、一時停止されていた。あとちょっと一時停止が遅かったら、白装束女のどアップを目にすることになっただろうな。

やっぱり怖がってるんだろうなぁ、と内心でニヤニヤしながら、俺は紡希の隣に腰掛けることにする。

「今日はわたしがいてよかったね。シンにぃ一人だったら、怖かったもんね」

いつの間にか、紡希の中では和モノホラーが苦手なのは俺の方に設定されているようだ。

その割には、紡希は俺の腕にしがみついているんだけどな。

「ああ。紡希がいてくれてよかったよ」

これは紛れもない本心である。

もし紡希が名雲家に来ていなかったら、俺はずっとぼっちのままだった可能性があるからな。

そして……結愛と関わることだってなかったかもしれない。

紡希のことで悩んでいると告白する機会がなかったら、結愛も俺に興味なんて持たなかっただろうな。

まあ紡希は、母親を亡《な》くしたから名雲家へ来ることになったわけで、ここで俺が幸福を感じるのは不謹慎ではある。だから、うちに来てくれてありがとう、と紡希に言うことはできなかった。こうして遠慮するあたり、俺はまだ、紡希と完全に打ち解け合ってはいないのだろう。どの程度まで踏み込んでも許されるのか、十分に把握できていないわけだからな。

大迫力の大型８Ｋテレビに流れているホラー映画は佳境を迎えていた。

俺はいい加減、制服から部屋着に着替えたかったし、夕食の準備もしたかったのだが、紡希は俺の腕にしがみついたまま離れそうにない。

今後紡希が俺を煙たがるような難しい時期に突入したら、和モノホラーを差し入れれば結愛に頼らずとも解決できるのでは？　と、安直なことを考えてしまうのだった。

◆４【俺の教え子が手を出そうとしてくる】

七月に突入していた。

前・後期制のうちの学校では、七月に期末テストがある。

みんなが楽しみにしている夏休みの前に立ちはだかる、最大の敵だ。

まあそれは、一般生徒にとっての話。年中勉強していて、テストの成績がいいことをアイデンティティにしている俺にとっては腕の見せ所なので、憂鬱どころかワクワクしている。

校内最強の勉強民族、それが俺だ。

今度こそ、学年一位を取る。俺は燃えていた。

勉強の虫ことスタディＷＯＲＭの俺だが、学年で一位を取ったことはなかった。

一位にいるのは、今年度の会長選で当選することは確実な優等生だ。

だからといって、負けっぱなしなのも悔しいので、ここらでヤツをぶち抜いて学年一位の座をモノにしておきたい。「学年二位なのに生徒会長ｗ」と、秋の会長選で当選した暁には、心の中で煽《あお》ってやろうという密《ひそ》かな楽しみを持っていた。まあ、そいつとは面識はないのだが。

まだテスト本番まで猶予はたくさんあるけれど、早めに始めるに越したことはない。

よーし、頑張るぞ～。

なんて気合を入れて勉強に集中するべく、自室の机にかじりつき……たかったのだが。

「ねー、慎治～。ここってどうやって解くの？」

殺伐として孤独な戦いである勉強の空気にそぐわない、甘ったるい声が響く。

折りたたみの丸テーブルには勉強道具が広がっていて、カーペットに座る結愛がそこにいた。

制服姿の結愛は、シャーペンの尻で、設問が載った部分をとんとん叩《たた》く。

「……そこ、さっきも教えただろ？」

「一回じゃわかんないってば～」

シャーペンを鼻と上唇の間に挟む結愛に、テストに挑む緊張感めいたものはどこにも見当たらない。

「もう一回教えて？」

ニヤニヤしながら、結愛が俺を見上げる。

俺は学習机の椅子に座っていて、床にいる結愛とは高低差がある都合上、見下ろすかたちになると結愛の胸元が危ういところまで見えてしまう。

元々俺は、今回も一人で勉強するつもりで、結愛の家庭教師役をする気はなかった。

だが、試験範囲を知らされたその日の昼休み中、勉強を教えてほしい、と結愛から泣きつかれたのだった。

結愛の外見や性格から、俺は勝手に結愛が勉強ができないタイプと思い込んでいたのだが、どうやら成績はそう悪くないらしい。過去の成績を教えてもらって知った。

ただ、科目によって大きくムラがあった。文系科目は平均点越えを連発できるのに、理数系は赤点スレスレだそうだ。それでも、今まで赤点を取ったことはないらしい。

極端に成績にバラツキのある結愛だったが、俺は好感を持った。

文系科目は、暗記しないといけないから、コツコツと努力できなければ成績を伸ばせない。結愛は遊び歩いているように見えて、地道に積み上げる根気を持っているのだ。

幸い、理数系なら解き方のコツや、試験に出そうな問題のパターンを覚えてしまえば、短い期間でも十分に成績を上げる余地がある。

だから俺は、たとえ自分の勉強時間が削られることになろうとも、結愛の面倒を見ることにしたのだった。

……だというのに、結愛は俺が見る限り、真面目に勉強をしている様子はなかった。

市販の問題集から、特に試験に出そうな箇所だけを抜粋した、俺独自の問題集を渡しておいたのだが、結愛は手を付けようとしない。

これは厄介な生徒を受け持ってしまったぞ、と今更ながら後悔するのだが、一度引き受けた以上、ここで投げ出すわけにはいかない。もしかしたら本当にやる気がないのではなくわからないだけかもしれないし。紡希の件も含めて、普段は結愛に世話になっている身だから、俺ができることなら力になってやりたいしな。

結愛の隣に腰を下ろし、二人で同じ問題集を前にするかたちになる。

「こことここがー、特にわかんないんだよね～」

結愛がこちらに身を乗り出したせいで、胸が俺の腕に当たる。

結愛のせいで脳がどこかへ飛んでいきそうだったが、ここでのぼせるわけにはいかない。学生にとって、やっぱり勉強することは大事だと思うから。それは、今だけのことじゃないのだ。

「結愛、俺たちは一年生じゃなくて、もう二年生だ。進路のことも意識し始めないといけない。三年になったら、文理選択もあることだしな」

うちの学校は、公立校のわりに教育熱心で、二年生の時点で進路希望の調査どころか、外部から識者を招いて熱心に進路指導をしてくれる。

「結愛は、進路はどうするつもりなんだ？」

もし結愛が進学を考えているなら……俺は、自分の勉強時間を多少削ったっていい気になっていた。これまで散々世話になっていることだし、俺にできることがあるのなら、そうしたかったのだ。

「…………」

結愛は思いの外真剣な顔になり、言い出そうかどうか迷っているようだった。

てっきり、わかんなーい、とか呑気《のんき》に言いながら腕にでも抱きついてくるのかと思ったのだが。

「一応、進学はするつもり」

唇が鉛になったみたいに重く口を開いた結愛は、手元のシャーペンを指先でいじり始める。

「私、文系なら結構できるから、私立の大学に絞れば、そこそこのとこにだって入れるくらいにはなれるでしょ」

結愛にとって理数系科目は、いわゆる「捨て」なのだろう。私立大学の文系を受けるのなら、理数系の科目を勉強する必要なんてないからな。留年しないように、赤点にならないように気をつければいいだけだ。これまで赤点だけは回避してきたようだから、結愛は初めから私立文系に狙いを定めていて、決して進路を何も考えていないわけではなかったのだ。

一応の将来の設計図を構築していた結愛だが、その表情は明るくはなかった。

「でもねー、うちがどうなるかわからないし」

憂鬱そうな結愛は、シャーペンを無意味にノックする。

「私、なんか親に頼らないで一人で全部やっちゃってます感出してるけど、学校の費用とか、家賃とか、その辺は私じゃなくて親が出してるし。進学したかったら、たぶん私立のお金がかかるとこでも学費は出してもらえる」

「それは……しょうがないだろ。高校生なんだから。できることとできないことに、限度がある」

十代で、完全に誰にも頼らずにやっていくのは無理だ。同じく十代で、紡希を抱えたまま実家を飛び出した彩夏《あやか》さんですら、最低限の生活の面倒は親父《おやじ》の援助に頼っていたみたいだし。

どうあがいても経済力がない。だから大人に頼るしかないのが、未成年の限界だった。

「まあ、そういう学費の心配がないのも、うちの両親がちゃんと『親』やってないとダメだからね。これからも同じかどうかはわからないから」

結愛の進路は、たとえ結愛が将来を見据えて行動していたとしても、本人とは関係ないところでグラグラと不安定なものになってしまっているようだ。

気楽に生きているようで、いつでも不安定な場所に立たされているのが高良井結愛なのだと、改めて感じる。

だとしたら、俺もやり方を変えなければ。

「結愛、さっきの問題どこだったっけ？　もう一回教える……いや、『わかった』って言うまで教えるから」

俺にできることなんて、そう多くはない。

家族のかたちが特殊だろうが、結局俺には親父がいるから、結愛みたいに自力で立たざるを得ない立場にはないし、金にだって困っていない。とっても可愛《かわい》い義妹と同居だってしている。どう考えても恵まれた立場だ。

だからせめて、結愛が甘えたい時は、恥ずかしがって逃げるようなことはせずにきっちり受け止められたら、と思った。

「えっ、マジで？」

さっきまでのシリアスモードはなんだったの、と言いたくなるような明るい顔をした結愛が抱きついて……いや、スピアーのごとき勢いで俺の腹部に肩を当てて押し倒してきた。

「そっかぁ。慎治ったら優しいんだから」

結愛の尻が、俺の腹部を制圧した。こうなったらもう俺は動けない。

いったい結愛は何をするつもりなんだ？　と思っていると、結愛は机に載せていた問題集を、俺の胸の上へと移動させた。

「私が、『わかった』って言うまで付き合ってくれるんだよねー？」

煽り視点でニヤつく結愛は、なんとまあ俺の胸を机代わりにしてペンを走らせ始めた。

ノートを下敷き代わりにしているおかげで、ペン先に引っかかれることはなかったのだが、くすぐったさはあった。

ペン先でくすぐられる程度ならいいのだが、筆記する都合上身をかがめたせいで、結愛の長い髪の毛先がちろちろ俺の腕に当たるわ、重力に引っ張られた胸元が眼前に大パノラマとして広がるわ、特殊な環境下の刺激が強すぎてうっかり昇天しそうになる。結愛が尻を乗せているのが腹で助かったよ。

「『わかった』って言うまで、このまま解かせてね」

確実に楽しんでいる顔で、結愛が言う。これ、絶対『わかった』なんて言わないやつだ。

結局、結愛は、「この姿勢でやるの腰痛すぎなんだけど」などとちょっと考えれば当たり前にわかることを言って俺から離れたので、長くは続かなかった。

自分の勉強に専念できる安心感と同時に、どういうわけか寂しさを感じてしまう俺だった。

◆5【元・後ろ姿の専門家】

翌日。

二クラス合同にして二時間ぶち抜きの体育の授業を控えた俺は、他のクラスメート男子と同じように教室で学校指定の赤いジャージに着替え、憂鬱な足取りでグラウンドまで向かっていた。

七月になり、急激に気温が上昇している。

外での体育の授業は地獄だ。

しかも球技は俺の苦手分野である。大活躍してみんなの人気を集めるなどという芸当は不可能なので、ストレスを溜《た》める結果にしかならない。

憂鬱に押し潰され背中を丸めて歩いていると、前方に見知った姿があった。

長い栗色《くりいろ》の髪を揺らして自信満々に歩く長身の女子は……結愛だ。

校名が入った白Tシャツに、赤ジャージのハーフパンツ姿だった。

女子は校舎の中に専用の更衣室が用意されているから、そこから出てきたばかりなのだろう。女子はこの日、空調の効いた体育館での授業なので、炎天下に放り出される男子よりはずっと負担が少なくて済む。羨ましいったらなかった。

窓から差し込む日差しのせいで、Tシャツが透けて上半身のラインが出そうになっていたのを目にした俺は、慌てて視線をそらす。

結愛を見つけたところで、どうせ学校の中では話せないのだ。

無言のまま結愛の背中を追いかけるのも変態っぽいので、俺はさっさと追い抜いて行こうとするのだが。

「おう名雲くん！」

ちょうど横を通り過ぎようとした時、結愛のすぐ隣を歩いていた桜咲に声を掛けられてしまう。しまった。桜咲がいる側を通り抜けようとするんじゃなかった。

周囲には、俺と同じようにグラウンドへ向かっている男子が大勢いるのだが、桜咲から声を掛けられたところで、敵意のある視線を向けられることはなかった。桜咲だからな。アイドル顔をしたマッドドッグとして有名なだけに、嫉妬されることはない。これが本性を知らない他クラスや他学年の男子が周りにいたら別だが、幸い今は見当たらなかった。

「瑠海たちは今日、涼しい体育館でバレーボールだけど～、男子は暑い外でわざわざなにやるの？」

なんだよ、煽《あお》るために声を掛けてきたのか……。

「サッカーだよ。……もういいか？　早くグラウンドへ行って、日陰の位置をチェックしておきたいんだ」

この日の授業がサッカーなのは、不幸中の幸いだった。

特に記録を計るわけでもないし、適当に走ったふりをしつつボールに触れる回数を低く済ませることで手抜きが可能だ。試合中に休むことだってできる。だからあとは、校舎が日光を遮ってくれているポジションをいかに確保するかが勝負だった。

「へー。やる気ないねぇ」

桜咲は、やたらとバカにした調子でへらへらすると、すーっ、と俺のすぐ隣まで距離を詰めてきて耳打ちをしてくる。匂いが甘《あめ》ぇ。

「結愛っちの前で、いいところ見せなくていいの？」

すぐ近くにいる結愛に聞こえない程度の小さな声が、俺の耳の穴に入り込んでくる。こそばゆいな。

「……俺には、魅せの技術なんぞない。球技は苦手なんだ」

「ふーん、結愛っちのために頑張ろうって気ないんだ？　彼氏だからってふんぞりかえってなにもしないでいると、結愛っちから見放されちゃうんじゃな～い？」

ぐぬぬ、と呻《うめ》きそうになった。

どうやら桜咲は、今後は常に俺を査定の対象にするつもりらしい。

桜咲に煽られていると、肩を摑《つか》まれ、俺と桜咲の間に割って入ってくる人影があった。

結愛だった。

割って入ったものの、無言を貫いたまま、ひたすら前方に向けた視線を外そうとしない姿は異様というか……怖い。桜咲から離れられたはいいものの、このままグラウンドへ行っていいものか迷ってしまう威圧感が漂っていた。

結愛はいつもニコニコして陽キャオーラを全開にしているヤツだから、黙った時はちょっと怖いな……。声を掛けようにも、休み時間中の廊下には男子がたむろしている。桜咲と違って、結愛の場合は同学年に限らずあらゆる男子を警戒しないといけない。この状況では、話すことは無理だ。

「…………」

結愛がちらりとこちらに視線を向ける。すると今度は、桜咲がいる方へ向けて、くいっと顎を振った。

と思ったら、頬を膨らませた結愛は、俺の額へ向けてデコピンを仕掛けようとしてくる。自分を差し置いて、桜咲とは普通に会話したことが気に入らないのだろう。結愛は俺と違って、教室でも普段どおりでいたがっているからな。

結愛と話せないのは、周りを気にする俺のせいだ。デコピンくらい甘んじて受け入れよう。ちょうど廊下の曲がり角にいて、男子からは死角になっているわけだし。

そう考えた俺は、無言のまま前髪を上げ、さあやれ、と言わんばかりに顔を近づけるのだが。

「…………!?」

その時、結愛の動きが止まった。俺まで足が止まってしまう。

俺をじっと凝視する結愛は、体をふるふる震わせながら、頬なんぞを染めてもじもじし

始めた。

「ちょっ、やめてよ！　なに名雲くんってば結愛っちと二人だけの世界つくっちゃってんの！」

ぷりぷり怒る桜咲が、俺と結愛の間に入り込んでくる。

「ほら、結愛っちさっさと行こ！　名雲くんの前で女の顔することないじゃん！」

「お、女の顔⁉」

結愛が大きな声で聞き返す。

「そうだよ！　瑠海もびっくりしちゃったんだからね！」

「いや、そんな顔してたなら私もびっくりなんだけど……」

「ほー！　自覚ナシですか！　見せつけてくれちゃって！」

拳を天に突き上げる桜咲の非難の視線は、結愛ではなくガッツリ俺へ向かっていた。

桜咲は、俺から遠ざけるように結愛の背中を押し、体育館へ繋《つな》がる階段を降りていってしまう。

なんだったのだろう……？

俺は、結愛の反応の意味ばかり気にして、これからグラウンドで憂鬱な授業が待っていることすら忘れてしまうのだった。

◆6【炎天下での密会】

そんなわけで俺は、頭上で太陽が燦々《さんさん》と輝いていようが関係なく、結愛のことばかり考えてぼんやりしていた。

サッカーの試合に積極的に参加することもなく、グラウンドをふらふらと漂う。

元々俺は戦力として期待されていないので、グラウンド内をお散歩していたところで咎《とが》められることはない。たまに近くにボールが来たら遠くへ蹴飛ばす程度の貢献はしていたしな。十分だろ。

体育教師はサッカー部の顧問ではなく、特にサッカーに詳しいわけでもなさそうで、さほど成績には影響しなそうなことから、全体的にゆるい雰囲気があった。真剣になっているのは、仲間内でどっちが勝つか競っている陽キャ体育会系グループだけだ。

男子のるつぼと化しているグラウンドだったが、突如華やかで清浄な空気が流れ込んできた。

体育館でバレーボールをしていた女子が、換気のためか、それとも観戦のためか、両開きになっている大きな扉を開けたのだ。

体育館とグラウンドは繋がっていて、この大きな扉を開ければ男子が体育をしている光景を見ることができる。ヒマを持て余しているのか、観戦を始めた女子は数人いて、その中には結愛の姿があった。女子の集団に混ざると一際《ひときわ》目立つな……。

「おーい、高良井が見てるぞ！」

男子の誰かが叫ぶと、グラウンド内の空気がピリついた。

それまで比較的和気あいあいとしていたのに、急に殺伐とし始める。

ボールを追いかける男子たちは、もはや仲間でもチームメートでも楽しく競う相手でもない。

活躍しまくって高良井結愛の関心を集める。

それだけのために走り、ぶつかり、ボールを蹴るだけのマシーンと化した。

メスを求める獣性が大爆発している地獄に身の危険を感じた俺は、ピッチから去ろうとするのだが。

運悪く、俺の方へボールが飛んできたらしい。

らしい、というのは、俺にはボールが見えなかったからだ。

ボールの存在に気づいたのは、後頭部に強い衝撃を感じた時だった。

延髄斬りを食《く》らったような衝撃を受け、俺は前のめりに倒れ込んでしまうのだった。

★

「痛た……」

グラウンドの裏にある手洗い場の蛇口をひねり、俺は文字通り頭を冷やしていた。

痛みはあるものの、幸い気絶することはなく、自力でここまでたどり着くことができた。

まあ、あの場で気絶していたとしても、助けてくれる男子は誰もいなかっただろうな……。俺が離脱しようが、お構いなしで試合を続行していた鬼畜揃《ぞろ》いだから。

痛みは残っているものの、怪我《けが》はなさそうだし、あの地獄から脱出する正当な言い分ができたのだから、これでよかったのだろう。あのまま結愛への承認欲求のみで行動するオスモンスターの集いの最中《さなか》にいたら、もっと悲惨なことが待っていたかもしれないのだから。

外に出るのが憂鬱なくらいの暑さに、今は感謝していた。

冷たい水がちょうどいい感じになって、とても気持ちがいいからだ。

そうしてしばらく水浴びをしていると。

「慎治⁉」

戸惑い混じりに俺を呼ぶ声が聞こえる。

「……結愛か。どうかしたのか？」

後頭部に水を当てたまま、俺は答える。人気《ひとけ》のないこの場所に男子はいないので、平気で返事ができた。

「慎治、頭、大丈夫？」

「聞き方ってものがあるよな。まあ意図はわかるよ」

「さっき、めっちゃヤバい倒れ方したように見えたから」

心配そうな顔をした結愛は、俺の髪が濡《ぬ》れたままだろうが構わず手を伸ばしてくる。

「ちょっとぶつかっただけだから。こぶにもなってないし。もう痛みも引き始めてるから平気だ」

「そっか。よかった〜。筋トレしてるおかげだね」

「いや後頭部は鍛えられないから」

「めっちゃ髪濡れてるよ？」

「ああ、この暑さだし、ちょっと待ってれば乾く」

髪から水分を拭うべく、俺は手を髪に持っていこうとする。

「…………」

目の前で、じっ、と凝視している結愛に気づく。

「なんだ？」

手を止めて、俺は訊《たず》ねる。

「ううん、別に。あっ、これ使う？」

結愛は、首に引っ掛かっているタオルを指差す。

「いや……いいよ、平気だ」

俺は、結愛のタオルが使用済みである可能性を考えてしまっていた。

使いたくないわけじゃない。逆だ。

だってそれ、もしそのタオルに結愛の汗が染《し》み込んでいたら……結愛の体液と混ざり合うことを意味するだろ。

そんな恥ずかしいこと……俺にはとてもできない。

「いいから、遠慮しないでよ。風邪引いちゃうよ？」

結愛は首に掛かっていたタオルを手に取ると、背伸びをして俺の頭上から被《かぶ》せてきた。

タオルで顔が隠れたからといってプロレス王ごっこをする余裕はない。

「慎治って変なとこで男の子っぽく意地張るよね～」

意地を張っているわけではなく、自意識をこじらせて余計なことを考えていただけなのだが。

結愛のタオルで頭をわしゃわしゃされる俺の視点は下に向かっていて、そこにはちょうど結愛の胸があった。

相手の頭を拭く、ということに慣れていないのか、結愛はタオルでわしゃわしゃするたびに水滴を飛び散らしてしまい、それは胸元へと跳ねていく。

白いTシャツは、みるみるうちに湿っていった。

もちろん、下着の上に直《じか》にTシャツを着ているわけではないのだが、俺からすればエアリズム的なアンダーウェア越しの膨らみだろうとかなりの刺激だ。

「慎治、首を前に傾けてよ〜。後ろの方拭けないじゃん」

回り込めばいいんじゃね？　と思える苦情だが、やってもらっている以上文句は言えないし、目の前の光景のせいで正常な判断力なんて失っていた。

結愛の言葉に従ったのは、失敗だったな。

顎を下げたことと、結愛が後頭部まで届くように背伸びをしたタイミングが重なり、俺の顔面は結愛の胸に着陸するハメになる。

「わ。すまん……」

俺はさっさと結愛の胸元から顔を離す。汗をかいているだろうに、妙に甘いいい匂いがした。

「え～、もういいの？」

結愛はニヤニヤしたまま、タオルを俺の首に引っ掛ける。

「ねー、慎治さぁ。お願いがあるんだけど」

「……何だ？」

「出してよ」

結愛は、自らの額を指差す。

「さっき、慎治がデコピンされたい～とか言っておでこ出したでしょ？」

期待を込めた視線を向けられてしまう。

「学校で、慎治の顔あんなはっきり見たことなかったから。もう一回じっくり見たいなーって思って」

どうしてもデコピンをしたいというわけではないようだ。

「さっきはちょっと照れちゃってあんまり見れなかったから」

……やっぱり、グラウンドに移動している時のあの反応は、照れだったのか。

そう言われると、なんだかこっちまで照れが伝染してくるな。

「断る。タオルはありがとうな」

間近で結愛の顔を直視できなくなった俺は、結愛にタオルを押し付ける。

そろそろ性欲の猛獣と化した男子も、結愛がいないことに気づくだろう。人気のないこの手洗い場周辺だが、誰にも見つからないという保証はない。

「いいじゃん、出してよ」

結愛は、タオルを拘束具のごとく俺の腰に巻きつけて逃げられないようにしてくる。

「慎治が自分で出さないなら、私が無理やり出させせちゃおっかなぁ」

ニヤつく結愛は、目を細めていて、舌なめずりをしそうなくらい悪い顔をしていた。

「……わかったよ。俺の顔なんぞを見ても何が面白いのかわからんが」

このままだと結愛に何をされるかわからないので、俺は眉が見えるか見えないか、という程度まで前髪を上げた。

「それじゃ全然じゃん！　もっといっぱい出して！」

「これが限界だ！　もう終わり！」

「まだ出せるじゃん！　んもう、こうなったら力ずくでやっちゃうからね！」

とうとう結愛が実力行使に出ようとした時だ。

「名雲くんコラァ！　結愛っちにナニ発射しようとしてるんだコラァ！」

突如飛んできた桜咲に、スーパーマンパンチの要領で頬を張られた俺は、この日二度目のダウンをしてしまうのだった。

◆7【フェイスはやめなよ、フェイスは……】

放課後は、結愛が名雲家へ来ることになっていた。

結愛より先に帰宅していた俺のところに、『慎治、鍵閉めといて』とMINEのメッセージが届く。

俺が家にいるのだから鍵を閉める必要はないだろうに、と不思議に思うのだが、どうせ結愛は一度言い出したら聞かないのだ。言われた通りにして、リビングのソファで待っていると。

「うふふ」

見せびらかすように手に合鍵を持った結愛が、ドヤ顔でリビングに顔を出す。

「合鍵がそんなに嬉《うれ》しいか？」

「そりゃ嬉しいよ～」

ご機嫌な結愛は、ネックレス仕様になった鍵を胸の谷間に押し込む。

面倒なことをする羽目になったものの、喜んでくれるのなら合鍵を渡した甲斐《かい》もあるというものだ。

結愛は名雲家の客ながら、もはや家族のようなものだった。

本来はお客のはずの結愛が、この日の夕食当番だった。

俺も家事は一通りこなせるのだが、結愛の方が料理の腕前は上だ。夕食当番が結愛だと紡希が大喜びするので、俺からすると複雑ではあるのだが。

S道橋のK楽園ホールで試合をしている親父《おやじ》を除いた状態での夕食の席。元はそれぞれ別の家庭で過ごしていた三人が集まっているのに、今やすっかり三人ひっくるめて『名雲家』になった気がするほどの馴染《なじ》みっぷりだった。

そんな結愛を駅まで送り届けるのも、もはや恒例になっている。

うちの地域の治安に問題はないのだが、彩《いろど》りのある夕食をつくってくれたのに夜道を一人で帰すのは申し訳ないし、第一、放っておくと紡希に怒られる。送っていく、という選択肢しかなかった。

決して、結愛と二人きりの時間を過ごしたいとか、そういう甘ったるい理由があってのことではない。

静かな夜道を二人で歩くこの時間に、その日学校であったことを話す。いつの間にか、そうするようになっていた。

これは学校内で気楽に話せない都合上、この時間に話してしまおうという理由である。家で話すと、紡希が置いてけぼりになってしまうので、こうなった。

まあ今日は、いつものように昼休みのみならず体育の授業中にもアクシデント込みで会話があったので、積もる話はそんなにないと思っていたのだが。

「やっぱり私さぁ、慎治の顔見たいなって思って」

立ち止まって、結愛が俺を見上げる。

「……まだ諦めてなかったのか」

昼間に終わった話と思っていたのに。結愛もあれ以降蒸し返すことはなかったわけで、もう飽きたのかと思っていた。

「だって、私が知らない間に他の人に見られてたら嫌じゃん」

「そんな貴重なモノでもないし、前髪が俺の顔全部を隠してるわけでもないんだから、素顔もそんな変わんないぞ？」

「そう思ってるなら、そこまで渋ることないんじゃない？」

結愛の言う通り、あまり拒否を続けると、まるでもったいぶっているみたいになってしまう。自分の素顔を大層なものと思っているように見えてしまうかもしれない。

「……わかったよ」

観念した俺は、結愛の前で前髪を上げる。

普段目の近くまで伸びている髪が邪魔にならなくなったからか、やたらと視界が開けた気がして、開放感すら感じた。

「へぇ、ふーん、なるほどねー」

結愛はつまらなそうな返事とは裏腹に、実に愉快そうな顔をして俺の顔をじろじろ眺める。

結愛が俺の顔を見ているということは、俺もまた間近で結愛の顔を目にしているわけで、視線をどこへ向けるべきかわからなくなってしまう。

「慎治ってよく見るといい顔してるんだよね。私、好きだよ」

「やめろ。俺の顔のことにはもう触れないでくれ」

俺は両手で顔を覆った。

「だいたい、結愛だって俺にすっぴん見られるの気にしてただろうが」

以前、結愛が名雲家に泊まりに来た時、やたらと素顔を見られるのを気にしていたのだ。

結局、すっぴんになろうが、ちょっと幼い印象になるだけで顔がいいことに変わりはなかったのだが。

「もう平気だよ〜。慎治になら全然見せられるし」

平然とした様子で、結愛が言う。

「慎治が、それでいいって言ってくれたから」

微笑《ほほえ》む結愛を前にすると、このまま顔を合わせ続けるのも限界に達した。

「ほら、遅くならないうちに早く帰れよ。もたもたしてると終電なくなるぞ」

俺は結愛の先を歩いてしまう。

「あーあ、残念だなー、これでも慎治は落ちないかー」

残念そうにするでもなく、やたらと弾んだ声の結愛が追いかけてきて、俺の腕に抱きついてくる。

結愛から褒められるのは、嬉しくてこそばゆくなるくらいなのだが、やはり顔についてあまり触れられたくない気持ちは変わらなかった。

もし本当に恋人同士だったら、俺は素直に結愛の評価を受け入れていただろうか？

俺はいまだに、結愛の本心を測りかねていた。

結愛が俺に親しくしてくれるのには、特別な理由がある。

俺たちの関係は、紡希を抜きにしたら成立しない。

それがなかったら、陰キャの俺と陽キャギャルの結愛とでは、何の繋《つな》がりもない。

桜咲は、親友の結愛がどうして俺を『彼氏』にしたのかわからないそうだ。

桜咲の疑問はもっともだと思う。俺たちが、『紡希が大事』という思いで結びついていることを知らないからだ。

桜咲につつかれたから、というわけではないのだが、最近の俺は、結愛の本心が気になっていた。

けれど、今は今で居心地がいいので、下手に変化を起こすような気にもなれないのだった。

■第二章【名雲《なぐも》家の新たな風景】

◆1【俺の隣はボソッとデレるどころかディスってくるぞ】

その日、うちのクラスでは席替えがあった。

席替えは俺にとって重大なイベントだ。

騒々しい連中が周りにいるような席を引いてしまったら、授業や昼休み中の勉強に差し支《つか》えるからな。

教室の隅に近いこの席での現状維持が、俺にとってはベストだったのだが、まさかここで席替え中止運動を立ち上げて活動するわけにもいかない。俺が音頭《おんど》を取っても、誰もついてこないだろうからな。

運命のロングホームルームの時間。

担任教師手製のくじによって、新たな座席が決まる。

その結果俺は、教室の左隅という絶好の位置こそ引けなかったけれど、その隣、というなかなかの位置を当てることができた。

他の人がどこを引き当てようと興味ありませんよ、という顔をしながら、自習するフリをしてくじ引きの結果を気にしてしまう。

結愛《ゆあ》はまだ、どこの席か決まっていないのだ。

とうとう俺の周囲の席が全部埋まってしまう瞬間がやってきた。

「なーんだ、名雲くんの隣かぁ」

最後まで残っていた、俺の左隣の席に引っ越してきたのは、桜咲《おうさき》だ。

「結愛っちじゃなくて残念だったねー」

身を屈《かが》めた桜咲が、俺にだけ聞こえるよう耳元へ囁《ささや》きかけてくる。

「……俺は、勉強に集中できれば隣は誰でもいい。だから、桜咲さんが隣になるのは困るんだよなぁ」

「なにそれー。瑠海《るみ》がめっちゃうるさいみたいじゃん！」

ぷんすかし始めて、いきなりめっちゃうるさい桜咲だった。

ちなみに結愛は、教室のど真ん中の席に決まったようだ。

「桜咲さん、もしかして視力悪くない？　もっと黒板に近い席の人と替わってもらったら？　例えばほら、真ん中の――」

「いや、結愛っちと交換したりしないし」

桜咲は舌を出しながら席に座る。

「てゆーか名雲くん、そんな結愛っちの隣がよかったんだ?」

煽《あお》ってくる桜咲だが、一応配慮はしているようで、周りには聞こえない程度の小声だった。

「まあ、桜咲さんよりはずっといいよな」

「ふーん。でも、そのくらいのアピールじゃ全然足りないんだよねぇ」

桜咲による、『結愛の彼氏に相応《ふさわ》しいかどうか査定』は続いているらしい。

「まー、せっかく名雲くんの隣になったんだしー、ビッシビシいじっちゃおうと思うから、覚悟しててよねー」

頬杖《ほおづえ》をつく桜咲はにっこり微笑み、こんな異国の言葉を発した。

【カブロン】

俺に向けてそんな言葉を放った桜咲は、そっぽを向いた。

俺は、親父が何度もメキシコへ行っている都合上、スペイン語が少しだけわかる。

『カブロン』は、訳すと『ク○野郎』とかそういう意味であり、間違ってもスペイン語圏で口にしてはいけない言葉である。

最近態度が軟化したと思っていた桜咲だが、この調子だとまだまだ油断してはいけないようだ。こんなことなら、たとえリア充だろうと知らないヤツが隣に来てくれた方がよかった。接点がない分、俺を放っておいてくれるからな。

なんというか、勉強に差し支えがありそうな席になってしまったことは間違いないようだ。

◆2【シットダウン式嫉妬】

隣の席の桜咲さんより厄介だったのは、放課後の結愛だった。

「むすぅ〜」

結愛は、露骨に不服そうなムスッとした顔をしながら、リビングのソファで腕を組んだ上にあぐらをかいていた。

「シンにぃ、結愛さんどうしちゃったの？」

リビングを見渡せるシステムキッチンの前にいた俺のところに、紡希《つむぎ》が不安そうに寄ってくる。

「ぷんぷく！」

紡希の声が耳に入ったからかわからないが、結愛はフグみたいに頬を膨らませる。

本当に機嫌が悪いのか、それともふざけているのかわからない態度である。さっきからあの調子でコミカルなので、我が家の空気が悪くなることはないのだが、このまま放っておいたら結愛のキャラがおかしなことになりそうだ。

「いや、ちょっとな……」

結愛があんなことになっているのは、おそらく席替えのせいだ。

結愛には、隣同士の席になった俺と桜咲が、休み時間になるたびに仲良くじゃれ合っているように見えたらしい。校内では結愛よりいくらか気安い存在とはいえ、桜咲も美少女には違いないので、あまり距離が近いところをクラスメートに見られないようにしていたから、仲睦《むつ》まじくしているようには見えないはずなのだが。

「シンにぃ〜、結愛さんがどうしてあんなことになってるのか教えて〜」

紡希は、俺の両肩を摑《つか》んで、目の前でぴょんぴょん跳ねる。艶々で柔らかそうな黒髪まで、それ自体が生命を持っているみたいに躍動していた。

俺は、紡希の不安を和らげるために心当たりを教えることにした。ヤンキーと交流があると勘違いされると困るから、ピンク髪だということは伏せたけどな。ちょっと活発な女の子、程度の情報に留《とど》めておいた。

「えっ、シンにぃって教室でお話しする女の人がいるの？」

「ああ、今日隣の席になったから、それで」

「すごい！　シンにぃ、教室でお話しできる友達つくれたんだね！」

人によっては、バカにされている、と感じるかもしれないが、俺からすれば紡希が褒めてくれるなら素直にお褒めの言葉として受け取るというもの。その証拠に俺の胸は今、ぽっかぽかになっている。承認欲求爆上がりよ。

「俺だって、紡希にとっていい兄貴でいたいから、その辺の努力はするさ」

もっとも、桜咲と関わるようになったのは、たまたま桜咲のプロレス趣味に付き合えたからなわけで、俺の努力によるものではない。まあ桜咲と紡希が関わることはないだろうし、ここは紡希の株を上げる選択をしておこう。

「それなら、今度わたしが家に友達つれてきても、一緒にお話しできるね！」

「おいおい、いくら俺だって年下相手に挙動不審にはならないぞ？」

ていうか俺、そこまで話せないヤツと思われていたのか……紡希は素直すぎてちょくちょく俺のメンタルを削ってくる時があるな。

まあ、紡希が名雲家を『家』として認識してくれていて、仲のいい友達を呼べるくらい気楽な場所に思ってくれているらしいことは正直嬉《うれ》しかったから、俺の心はほっこり成分の方が上回っちゃうんだけどな。

「……あ、そうだ、その仲良しな子は女子だよな？」

俺にとって、そして、紡希の身の安全上とても大事なことである。

「そうだよ？」

不思議そうに首を傾《かし》げる紡希を前にして、俺は心の中で拳を突き上げた。

「そうだシンにぃ、今日はお祝いにサクサク衣のとんかつにしてあげる！」

「ありがとうな。でも紡希は料理できないから、つくるとしたら俺か結愛だからまた今度な」

手間が増えちゃうんだよなぁ。ていうか、たんに紡希が食べたいだけじゃない？　紡希は食べざかりだから結構食うんだよな。結愛ほどじゃないけど。まあ、食べないダイエットを努力と言い張って偏った食生活をするよりはずっと健康的でいいけどさ。

「ぷんすかぷん！」

ソファの方から不思議な鳴き声が聞こえる。

両手を突き上げた結愛が、左だけ膨らませた頬を今度は右にしたり、かと思ったらまた左にするなどしている。

どうも結愛は、先程から俺たちの会話に耳を澄ませていたようで、自分から話題が逸《そ》れていることに不満なようだ。

もはや放っておいても問題なさそうだが、放置されたことに腹を立ててガチギレする可能性もゼロではないので、手早く紡希に続きを話した。

「でも、結愛さん以外の女の人と仲良くしちゃってるってことは、結愛さんがああなっちゃった理由なんて決まってるよね」

紡希の瞳が輝く。

「結愛さん、その友達に嫉妬しちゃってるんだよ。シンにぃを取られちゃったみたいに思って！」

やたらと嬉しそうな紡希である。

「嫉妬ってお前、結愛が嫉妬するわけないでしょうが」

などと否定するも、恥ずかしいことに頰が緩んでいる感覚がある。まあ、嫌われるよりは、好意を持たれて独占欲を発揮される方がいいからな。

「シンにぃったら、だらしない顔してるんだ」

紡希は俺の頰を手のひらでこねて顔面の調律を済ませると、俺の体をくるくる回し、背中を押してリビングへと向かわせようとする。

「ほらほらシンにぃ、今なら結愛さんともっともっと仲良くなれちゃうよ？」

文字通り紡希に背中を押されている俺は、片膝を立てて任侠《にんきょう》な雰囲気を出して座る結愛に声を掛ける。

「なぁ、結愛……」

「なぁに？」

いまだフグみたいな顔をして見上げてくる。

「オレ、オマエガスキ！　イチバーン！」

「おい紡希、やめろ。裏声使って腹話術人形にするな」

真後ろにいる紡希が、俺の手を勝手にふらふら動かしていたのだ。

あと裏声の声音が、ハハッ！　のネズミみたいに聞こえるから、本当にやめろ。

「慎治《しんじ》、なにか言いたいことでもあるの？」

言わせたいのか言わせたくないのかわからないくらいの圧を放ってくる結愛。

「いやー、桜咲さんとは……」

別になんでもないんだよな、と言おうとして、止まってしまう。

だから嫉妬しないでね、と言うわけにもいくまい。逆に怒らせてしまいそうだ。

「ねーえ、結愛さん」

俺の脇から、紡希がひょっこり顔を出す。

「学校でシンにぃの隣の席になれないなら……うちの中で隣の席になればいいよ！」

「おい紡希……」

俺が抗議の声を上げるよりも早く、紡希は二人がけのソファまで俺と結愛の手を引っ張っていき、そこへ押し込んだ。

二人がけのソファながら、互いにちょうど真ん中になる位置に座らせられたせいで、俺と結愛の腕と腿《もも》がぴったりくっついてしまう。

「あとは二人でごゆっくり〜」

スキップするみたいな軽やかな足取りの紡希は、一旦リビングを出た後、ひょこっと顔を出す。

「あ、イチャつくのもいいけど、夜ごはんはちゃんと間に合わせてね？」

言いたい放題の紡希が二階へ駆け上がっていく音がする。

二人がけのソファだ。座り直せば密着状態も解けるわけだが、ここで離れると結愛を怒らせそうな気がして動けなかった。

一方の結愛も、動きがない。俺と肌が触れ合っている状態でも離れようとしないということは、もはやそれほど機嫌は悪くないようだ。

膠着《こうちゃく》状態をぶち破ったのは、結愛だった。

「別に私、瑠海にも慎治にも怒ってないし」

そっぽを向く結愛だが、頬には朱が差していた。

「じゃあ露骨に不満そうだったのはなんでだよ？」

「これは……私自身へのイライラだよ」

お、おう……と俺は答えるしかなかった。

自分勝手なイライラを……わざわざ人の家で……？

「瑠海は親友だし、慎治と隣同士の席になったなら全然話したっていいし、慎治が教室でもぼっちじゃなくなるんだから、いいことばかりのはずなのに……」

結愛は、空いた左手の人差し指をこめかみに突きつけて、う～ん、と難しい顔をしたと思ったら。

「なんかもやもやしちゃうんだよね」

恥ずかしそうに、結愛が微笑《ほほえ》んでみせる。

すると今度は俺の左手に手を重ねるだけでは飽き足らず、身を乗り出して俺の肩に顎を乗せ始める。

結愛の吐息が首筋に当たり、俺は勝手知ったる自宅にいるというのに落ち着かない気分になった。

「私、慎治を独占できないと嫌な人みたい」

耳朶《みみたぶ》に息を吹きかけるように、結愛が言う。

ただ、声のトーンは本気ではなく、楽しんでいるような感じがあった。俺はもはや、肩を結愛の顎に奪われて首を動かせない状況にあるから、どんな表情をしているのかわからないのだが、絶対に例のからかいモードに入っているに決まっている。

からかいモードの結愛は俺が困れば困るほど快楽を感じるという仕組みになっている。ここで露骨に緊張してみせたら、結愛にエサを与えるようなものだ。本気に受け取るんじゃないぞ、俺。

こんな俺だけど、結愛にやられっぱなしでいるわけにはいかない。

「残念だが、俺は紡希に独占されているんだよなぁ」

「じゃあ、慎治と紡希ちゃんのセットで」

「セットで注文してお安く頂こうとするな」

「ていうか慎治ってば、手汗出まくりじゃん〜」

ニヤニヤする結愛が、自分と繋《つな》がっている俺の手を俺の目の前に掲げる。

「どんだけ緊張しちゃってんの、ウケるんだけど〜」

いくら強がっても分泌液までコントロールすることはできなかったか……と肩を落としかけたものの。

「いやこれ……結愛のも混じってない？」

俺は、結愛から一旦手を離し、手のひらの匂いを嗅いでみる。

「俺の汗がこんないい匂いのわけがない」

手に取ることすら拒絶されそうなラノベの長文タイトルみたいなことを口にした時、俺は自分がとんでもなくキモいことをしたと気づいてしまう。

「ふーん、じゃあ私の手の方には、慎治の匂いがくっついちゃってるかもだよね」

結愛はキモがるどころか、俺の手のひらを興味深そうにじっと見つめていた。

「でも私、慎治の汗の匂いとかわかんないなぁ」

「永遠に知る必要のないことだな、それ」

「いいじゃん、せっかくだし教えてよ」

口頭でどうやって説明すればいいんだよ、印象悪くするような表現しかできないぞ、と考えていると。

俺の首筋に、結愛の鼻先が近づいてきた。

「慎治の匂いだね」

結愛は、鼻先を押し込むくらい首筋に強く当てたまま、一向に身を引く気配がない。

俺は何も言えなくなっていた。

どう動くべきなのかもわからない。

「まー、前に嗅いだことあるから、知ってたけど」

以前、結愛が名雲家に泊まった時に、布団《ふとん》が隣同士になった都合上、添い寝状態になってしまい、密着したまま一夜を過ごしてしまったことがある。

じゃあわざわざ確認しないでもよかっただろ、と正当な反論をする力すら、俺にはもはや残っていなかった。

「やめろ……恥ずかしいから」

このままでは、思考力がゼロになって脳からシワが消滅しそうだ。

「やだよ。……だって、瑠海は慎治の首筋の匂いなんか知らないじゃん」

そんなことで桜咲と張り合わなくてもいいだろうに。向こうは俺の匂いなんぞ、クサそう、で済ませるだろうよ。

紡希不在のリビングで、美少女ギャルにひたすら匂いを嗅がれる俺は、しばらくの間背中がカチコチになるくらいの緊張状態を強いられた。

ようやく冷静さを取り戻せたのは、時計の針の音が聞き取れるようになった時だった。

こうしてはいられない。このままでは、夕食の時間が遅くなってしまう。

「俺はペットじゃない！」

紡希にひもじい思いをさせたくない一心で、ようやく反撃するだけの力を取り戻すことができた俺は、勢いよく立ち上がった。

「え〜、もっといいじゃん〜。吸わせてよ〜」

「やべぇ薬を吸引したみたいな言い方するな」

「慎治キメさせて〜」

「それだとまるで俺が非合法みたいだろうが」

法律はもちろん、校則すらしっかり遵守している遵法意識の鬼である俺をナメるなよな。

なおも寄ってこようとする結愛から逃れるように、俺はキッチンへ向かう。

「ごはんつくるの？　私も手伝うよ」

変態的な一幕はあったものの、すっかり機嫌が良くなったらしい結愛までついてきて、俺たちはキッチンで隣同士、並んで立つことになるのだった。

◆3【いつでも来ていいからな】

この日もいつものように、結愛が名雲家に姿を見せた。

もう何度も我が家に来ている結愛だが、全部の部屋を見たわけではない。

「他の部屋も見せてよ〜」

そう結愛が言ってきたので、隠すようなことでもないし、俺は紡希と一緒に、まだ見せていない空き部屋を案内することにした。興味を持っても、勝手気ままに人の家を歩き回ることなくちゃんと許可を取ろうとする姿勢に好感を持ったから、というのもある。

部屋をすべて案内し終えて、リビングでちょっとしたおやつタイムにしていると、結愛がこんなことを口にした。

「慎治って、元々お父さんと二人暮らしだったんだよね？　どうしてこんな部屋多いの？」

結愛の疑問は、もっともだと思った。

ちょうど紡希がトイレに立っていたタイミングだったので、俺は答えることにする。結愛相手に隠すようなことでもないからな。

「元々は、彩夏《あやか》さん……紡希の母親も暮らせるように、って考えてたらしいんだ」

「……もしかして、聞いちゃダメなやつだった？」

「いや、いいよ、聞いてくれ。紡希に関わることでもあるから、結愛には知っておいてもらいたいし」

親父《おやじ》から直接聞いたわけではないから、ここからはあくまで俺の推測だ。

「親父は、母娘《おやこ》だけで暮らしてるのをずっと前から心配してたから、いざとなった時に心配なく暮らせる場所を確保しておこうと思ったんだろ」

結局、彩夏さんは病が進行しようとも、うちに身を寄せることはなかった。

紡希を産む際に揉《も》めに揉めた末、一人で紡希を育てる、と実家を飛び出した経緯がある彩夏さんにとっては、唯一家族で仲が良かった親父が相手だろうと、ちょっと力を借りることはあっても、甘えることまではできなかったのだろう。

線が細くて大人しそうな見た目をしていた彩夏さんだが、気の強さや意志の強いところは、親父にそっくりだった。

親父の願い通り彩夏さんが甘えたのは、最後の最後になって、紡希をうちに託すと決めた時くらいのものだ。

「……まあ、彩夏さんがうちに住むことはなかったけど、結果的に紡希がすぐに暮らせる環境が整っていたわけだから、親父が準備していたことは正しかったな」

親父からすれば不本意な結果だろうけどな。紡希と一緒に、彩夏さんがいることを想定していたのだから。それでも紡希が救われたのだから、親父だって、多少無理をしてまで大きな家を建てたことを後悔してはいないだろう。

「何の話してたの？」

リビングに戻ってきた紡希は、結愛の膝の上でうつ伏せになる。お前は猫みたいなヤツだな。どうして俺の膝の上じゃないんだ？

「……いや、今日結愛に部屋を案内して、この前親父が結愛のための部屋を用意しようとしてたことを思い出したから」

紡希の前ではまだ、彩夏さんに関することはあまり話したくなかった。

「あー、弘樹《ひろき》おじさん言ってたね！」

期待が込められた紡希の視線が結愛に向かった。

「結愛さん、もううちに住んじゃえば？」

大胆な勧誘は紡希の特権である。

「おい紡希、結愛が困るようなこと言うなよな」

「だってー、シンにぃじゃ結愛さんがうちに来てくれるような誘い方できないじゃん」

「結愛にも都合があるんだよ」

「んもう、シンにぃは彼女と一緒に暮らしたくないの？」

「それは……」

俺としては、紡希の意見に１００％は賛成できなかった。

結愛とひとつ屋根の下状態になることは……まあ、憧れの気持ちがないではないが、四六時中ドキドキさせられる状態では俺のメンタルが保《も》たない。できればもう少し結愛に慣れた後に改めて勧誘してくれるといいんだけど。

などと都合のいいことを考えていると。

「ごめんねー、紡希ちゃん。お誘いは嬉《うれ》しいんだけど、今はまだちょっとできないんだよね」

結愛は、紡希の頭を優しく撫《な》でながら、断りの返事をした。

「一人暮らしするのは、私が決めたことだから。ここで慎治のところに住んじゃったら……負けっていうか、そういう感じになっちゃうから」

負け、を気にする相手は、おそらく結愛の両親だろう。

まだ大まかなことしか知らないものの、結愛は実家の両親と折り合いが悪いせいで、一人暮らしをすると決めたのだ。

結愛にとって一人で暮らしていくことは、何らかの思いや覚悟があってのことで、本人としては懸けるものがあるのだろう。自分で決めたことを曲げたくないのだ。

「合鍵くれたのは嬉しかったけどね。こっちはもういっぱい使っちゃうよ～」

一瞬しょんぼりしていた紡希も、そんな結愛の返事で元気に飛び上がった。

「……大丈夫なのか？」

俺は結愛に訊《たず》ねる。

一人でも平気か、とか、いっそいつでもうちに泊まっていっていいんだぞ、とか、両親との仲はそんなに悪いのか、とか、言い出せないことを色々詰め込みながら。

「あれ、もしかして慎治はそんなに私と一緒に暮らしたかったの？」

ニヤニヤし始める結愛は、俺のすぐ隣に位置を移動すると、胸元から取り出した合鍵をちらちら見せびらかした。

「私と二十四時間一緒だったら、いつでもえっちなことし放題だもんね」

「わ。シンにぃったらいやらしいんだ」

「お前らの想像上の俺はどれだけサカリがついてる動物なんだ？」

ていうか結愛、紡希の前だぞ？　控えろよな……。

「まー、でもほら、あれよ、心配してくれてありがとね」

照れくさそうに、結愛は言った。

案外、心配されることに慣れていないのだろう。

これを言いたいがために、カムフラージュとして俺を四六時中発情している変態扱いするような発言をしたのかもしれない。照れ隠しをするなら俺にダメージが来ないようにしてくれねぇかな。紡希はすっかり俺をエロの権化《ごんげ》と思い込んじゃってるぞ……。

こうして、結愛が名雲家へレンタル移籍する話は破談になった。

どうやら結愛もまた、名雲家に甘えることを拒否する気が強い女の一人らしい。

ただ、結愛が彩夏さんと違うところは、名雲家に甘える余地を残したことだ。

結愛の手には、合鍵がある。

肌身離さず大事そうに持ち歩いている鍵だ。

そんなキーアイテムがある限り、両親に対して意地を張り通す「勝負」を仕掛けている真っ最中だろうと、安心して見守っていられる。

いざという時に駆け込める場所があるのは、やっぱり大事だからな。

◆4【闘いの聖地と日常系の総本山が同居する異空間S道橋編】

授業中のことだった。

その時間は現国の授業だったのだが、俺としては、休憩も同然の退屈な時間だった。どうせテストでは作者の気持ちを考えさせられるんだ。今は自分のことだけを考えさせてくれ。

そう思いながらも、優等生の俺は内職にうつつを抜かすことなく、きちんと授業を受けていた。

その一方で、思いっきりサボっているクラスメートがいる。

左隣の席の桜咲さんだ。

机の下で隠したスマホを、真剣な表情でいじっていた。

そんな桜咲だが、突然顔色を変える。

「これは……！」

なんだよ。椅子に電気が走ったみたいな顔をして。

「……パレハ！　パレハ！」

このスペイン語……どうやら俺に向けて話しかけてきているらしい。

「……なんだ？」

どうやら桜咲からパレハ《仲間》と思われているらしいとわかった俺は、あくまで視線を黒板から外さないまま応じる。

「これ！　これ！　見なさいよ！」

あくまで小声を維持したまま叫ぶ桜咲は、ＭＩＮＥを使ってメッセージを飛ばしてくる。

授業中にスマホを出させようというのか、お前は。これじゃ俺までサボりの共犯になってしまうのだが、無視したら後でグーパンチから逆水平チョップのコンボが飛んできかねないから言われた通りにするよ、仕方ねぇな……。

ポコッ、と表示されたアドレスを踏むと、メジャープロレス団体朝日プロレスの公式サイトに繋《つな》がる。

サイトのトップにある、ニュース・トピックの見出しを目にした時、桜咲がどうして表情を変えたのかわかった。

「……『名雲弘樹ミニ展示会、緊急開催決定！』」

記事には、こんなことが書いてあった。

——アメリカ遠征も決定し、海外にまで名声を轟《とどろ》かせる名雲弘樹のファン待望のイベントが緊急開催決定！　過去に着用したコスチュームやガウンの他、今や入手不可能なレアグッズなどなどを展示！　みんなでレジェンドの歴史を一挙に振り返りましょう！　本日の夕方、S道橋の闘神ショップにて開催！

そういえば、親父がなんかそんなこと言っていたような。親父ゆかりの品なんて普段見慣れているから、俺は特に気にも留めなかった。なんならうちの空き部屋に眠っている見本品も引き取ってくれ、と思っているくらいで、ありがたみは感じない。

ちなみに親父は昔から、ビッグマッチになればなるほど観客に大きな驚きを提供する試合や演出をすることから、「サプライズ男」と呼ばれていて、その縁で、前々からきっちり計画されていたイベントだとしても頭に「緊急」がついて発表されることが多かった。なんだか小賢《こざか》しいよな。

桜咲にとって名雲弘樹は推し推しの推しだから、わざわざS道橋まで出かけるんだろうなー、と他人事《ひとごと》のように思っていると。

桜咲から、続きのメッセージが飛んできた。

『今日！』

『放課後付き合って！』

『名雲ファンとして、外せないでしょうが！』

誘ってくれるのはありがたいが、エクスクラメーションマーク多すぎて鬱陶しいな。そのうち名前にも付けちゃうんじゃないだろうな。桜咲瑠海！　みたいに。

『先着で購入特典のトートバッグ配ってるんだよ⁉』

『こんなの秒殺に決まってるでしょ！』

『学校終わったらすぐ行かなきゃ！』

俺は別に欲しくないけどなぁ。

桜咲は親父《おやじ》の熱狂的なファンなのだが、俺がその名雲弘樹の息子だとは知らない。というか、教えたらとっても面倒なことになるから、永久に秘密にするつもりだ。

そんなわけで、名雲弘樹に詳しい俺を、桜咲は自分と同じく熱心なファンだと勘違いしているのだった。

真実がバレないように、俺は極力桜咲と行動を共にするようなことはしたくない。

だが……俺にとって敵か味方かわからないポジションにいる桜咲は、陽キャグループの一人ながら、その趣味を仲間内には打ち明けられていない孤独を抱えていた。

それは親友の結愛に対しても同じで、以前その悩みを俺に教えてくれたことがあるから、この手の話になるとあまり無下に扱うわけにもいかないのだ。

俺はぼっち歴が長いから、わかり合える人間がいない苦しみは理解できる。

結愛関係のことではまだまだ俺への当たりが強い時もある桜咲に媚《こ》びを売るわけではないが、俺にできることがあるのなら力になってやりたかった。

【わかったよ】

俺は、あくまで素っ気ない素振りの返事をした。

今日は確か、結愛は名雲家に来ない日だ。

紡希を一人にするのは心配ではあるが、最近は結愛のおかげもあって精神的に落ち着いているし、それに、毎日のように直帰していると、また紡希からぼっちを心配されてしまうからな。たまには、『友達と遊んでくるわ』と言ってやった方が、紡希を安心させるという意味ではいいかもしれない。

『ありがと！　お礼にドームにある例のハンバーガーおごるから！』

よほどはしゃいでいるのか、スタンプが乱れ飛ぶ。いっぱい買ってんなぁ、リキのスタンプ。

まさか敵対していた人間におごられることになるとは。このままベビーフェイスに転向してくれるといいんだけどな。

★

夕方になる。

俺たちは、S道橋の駅で降り、漫画の殿堂を掲げた出版社をチラ見しながら反対方向の横断歩道を渡り、朝日プロレス関連のグッズ専門店である闘神ショップを目指した。

普段から賑《にぎ》わいを見せているのだが、この日は店の外まではみ出るほどの列ができていた。

「マジか……あんなに人が……」

予想外の人混みの気配に、入店する前から疲労を感じてしまう。

おそらく、あそこに並んでいるのは、桜咲と同じく名雲弘樹目当てのお客だろう。俺の家の保管庫で見かけたことのあるTシャツを着ているヤツがちらほらいるし。……ただの展示会で、親父が来店してサイン会をするわけでもないのに、なんでそんな気合入れてるんだ？　アーティストのライブじゃないんだぞ。

なんで親父って、あんな人気あるんだろうな。

家にいるあいつは、ただのデカくて豪快なおっさんなんだけど。

そんな正体を知らない女子高生が、隣で目を輝かせていた。

「同志が……同志がいっぱい！」

桜咲は今にも泣き出しそうな勢いで感動している。

まあ、趣味を分かち合う相手がいないことを悩んでいる桜咲としては、親父目当てで並んでいる人間は全員味方なわけで、そりゃ感動くらいするか。

今日だって、結愛に『名雲くん借りるね！』と宣言したはいいものの、何の用事で借りて行くのか、という肝心な理由については話せなかったからな。おかげで俺が、『ちょっと桜咲さんがほしいものあるって言うから、付き添いで』とフォローしないといけなかった。そのせいで、『へー、瑠海とお出かけするんだー、いいね』なんて、穏やかな表情に圧を滲《にじ》ませた怖い結愛を目《ま》の当たりにするハメになったのだから、桜咲も俺に対する感謝はするべきだと思う。

「なにもたもたしてんの！　早く行かないとなくなっちゃうでしょ！　あいつらを蹴散らす勢いで、力で行くんだよ、力で！」

「お前、さっき同志とか言って感動してなかったか？」

欲に負けて早速味方を裏切ろうとする桜咲に冷めた視線を向けるものの、猛牛桜咲は構う様子を見せない。

列に突進する勢いの桜咲と違って、たんなる付き添いで特典になんか興味がない俺は、ゆっくり歩いて列に並ぼうとした。

「今しかないぞ！　今しか！」

数量限定の特典がなくなってしまうのではと焦《あせ》る桜咲は、とうとう俺の手を引っ張り始める。強引ながら、桜咲の手が触れているわけで、相手が猛牛だと言うのになんだかドキッとしてしまったのが悔しかった。

列に並ぶ顔ぶれは、やはり男性が多かった。親父のファン層はオッサ……男性が多いのだ。しかも、信者レベルで熱心にファンをやっている人間が多い。これは昔、親父にはファンの間で「最強」説が流れたせいだ。団体サイドもファンの期待を感じ取って、一時期『最強の男・名雲弘樹』というキャッチコピーで売り出していたらしい。

女性ファンもいないではないのだが、それでも現役JKでアイドル顔の桜咲みたいなファンはレア中のレアだろう。親父が知ったら絶対調子に乗って鬱陶しいから、桜咲のことは何が何でも教えないようにしとかないとな。

そんなむさ苦しい列に並ぶ高校生二人は、やはり浮いていた。

年季の入ったファンもいるようで、俺が生まれる前、もっと言えば、まだ結婚すらする前の親父のエピソードも聞こえてきて、妙な気分になった。息子の俺よりも親父を知っている人間がいるのは複雑だ。別に、名雲弘樹は俺の父親なんだからね！　みたいな変な嫉妬心があるわけじゃない。

俺が生まれた時点で、名雲弘樹は俺の父親だから、それ以前の親父の姿は、限りなく未知の存在だ。

改めて、父親が有名人なことに不思議な感覚を覚えながら、桜咲のことが気になった。

桜咲は、少し前から大人しくしていた。

周りは名雲弘樹ファンばかりなわけだし、名雲弘樹のこととなれば猪突猛進《ちょとつもうしん》になる性格からして、年上の男性ファンの会話にも首を突っ込むものと構えていたのだが、スマホとにらめっこをしたままだったのだ。S道橋に降り立った時のハイテンションはどこへやら。黙っていれば……本当に、大人しくしてさえいれば、桜咲はアイドル顔負けの容姿を持つ美少女なのである。

そんなヤツと並んでいると、なんだか俺の方が落ち着かなくなる。

最近結愛と関わるようになって、多少マシになったとはいえ、俺は元々女子が苦手だから、目的地はどうあれクラスメートの女子と二人でお出かけするなんて、ひたすら緊張するしかない出来事なのだ。

「いいのか？」

黙っていたらいっそう緊張してしまいそうなので、俺は口を開く。

「なにが？」

「いや、同志がいっぱい並んでるじゃないか。ここぞとばかりにプロレスの話をするチャンスだろ？」

「そーだけどさ」

桜咲が顔を上げる。結愛より背が低いから、慣れない感覚で変な感じだ。

桜咲は動画を見ていたようで、一時停止された画面には、トップロープに上る親父の姿が映っていた。朝日プロレスのサブスク動画サイトを観《み》ていたらしい。最近はどこのプロレス団体もサブスクで動画配信しているからな。数が多すぎてチェックしきれないんだよなぁ。

「……大人ばっかりだし、男だし」

「そんな理由で?」

「名雲くんは瑠海をなんだと思ってるの?」

呆《あき》れがこもった視線を向けられてしまう。

「いや、俺のイメージでは、桜咲さんは人見知りしそうにないし、誰が相手でもガンガン話しかけそうだったから」

「そういうノーフィアーなの、瑠海じゃなくて結愛っちのイメージじゃない?」

あーはいはい仲いいね、と冷やかし混じりの態度を取られてしまう。

確かに、結愛のイメージでもあるな。あいつはほぼ面識のないぼっち陰キャが相手でもとんでもない積極性を見せたからな。おかげで仲良くなれたところはあるが。

「桜咲さんだって似たようなもんじゃないのか? 学校で見かける桜咲さんはそんな感じだけど」

「それは学校だからでしょ」

胸元のリボンを何気なくいじりながら、桜咲が言った。

「周りが同い年とか、知ってる人だらけの場所と、ここじゃ全然違うんだから、態度だって変わるよ」

どうやら俺は、学校で見かける桜咲が全てと思い込んでいたようだ。

陽キャギャルの桜咲、という姿は、桜咲にとって居心地のいい空間でのみ現れる姿で、そうじゃない場所では、こんな大人しい桜咲瑠海が姿を現す。

俺は、ここにいるのが結愛だったら、誰彼構わず話しかけていたと想像していたのだが、もしかしたら結愛もまた、桜咲と同じように、環境によって別人になることだってあるのかもしれない。

いや、きっとそうなのだろう。

……少なくとも、結愛は両親の前では、名雲家で見せてくれる姿のままではいられないのだろうし。

「瑠海の前での結愛っちと、名雲くんの前での結愛っちだって違うでしょ」

桜咲が言った。この時には、もうスマホはポケットに仕舞ったようで、俺に視線を合わせていた。

「それは同じだろ？」

「……しっかりしなさいよね、彼氏～」

苦いコーヒーでも飲んだような顔で、桜咲が俺の脇腹をつねってくる。

「ホント、なーんで結愛っちはこんな鈍すぎでしょっぱいのを彼氏にしたんだろ。もう彼塩でしょ。塩分濃すぎだよ」

つねり攻撃の手を休めないながら、桜咲はふと考え込むような表情になる。

「でも、名雲くんは結愛っちの前では、結愛っちが好きになるくらいかっこいいところがあるってこと？」

桜咲の疑問に、俺は答えられなかった。

結愛の俺に対する本心は、いまだわからないからな。

少なくとも、かっこいいところは見せていないような気はするけど。

そうこうしているうちに列は進み、俺たちが入店する番になった。

店内の隅にある、特設のミニ展示コーナーに合わせるように、店の内装は名雲弘樹仕様になっていた。

贔屓《ひいき》の選手一色に染まった空間に足を踏み入れたことで、桜咲の中ではすっかり『ホーム』に切り替わったらしく、教室での見慣れた陽キャモードに戻っていた。

そんな姿を見ていると、やたらとしっくりきて、さっきまであった違和感が消えて安心してしまう。

明るいと同時に好戦的なところがあった、学校にいる時の桜咲のことだって、これからはたんに苦手というだけで片付けることもなくなりそうだ。

大人しい桜咲は正統派で、まあ魅力的ではあるものの、より桜咲瑠海らしいのは、大好きなものを前にしてはしゃぐこっちの姿だろうからな。

◆5【初めてのプレゼント選び】

桜咲は無事にお目当てのトートバッグを手に入れることができた。

名雲弘樹関連のグッズを5000円分以上買う必要があったので、桜咲の手には、闘神ショップ印の袋がぶら下がっている。桜咲ならもう持っているだろうにな。それでも桜咲はホクホク顔で、この世の春を謳歌《おうか》しているみたいに満たされた姿でそこにいた。

「名雲くんは、買わなくてよかったの？　あんな並んだのに」

「悪いが、金欠なんだ」

「えー、ファンなら嫁を質に入れてでも名雲グッズを買い占めるでしょ。……あ、もしかして、結愛っちになにかプレゼントするから、それで？」

「そんなとこかなぁ」

そんな予定はない、などと答えたら、桜咲から激怒されそうだったので、そういうことにしておいた。

何かしら安いものでもいいからプレゼントしないといけない流れになったな……。桜咲のことだから、「名雲くんからなんかプレゼントされた？」って結愛に直接聞いて確認しそうだもんな。

「ふーん、瑠海と一緒なのに結愛っちのこと考えてたんだ？」

嫉妬と捉えられそうな発言だが、桜咲はニコニコしていた。ひょっとしたら、名雲グッズを無事購入できた時よりもずっと。

「ま、プレゼントするくらいで調子に乗られても困るんですけど。当たり前のことなんだからね」

毒づくわりには、桜咲の笑みは崩れていなかった。結愛を大事にすることで、桜咲の機嫌も良くなるらしい。

今日は桜咲の意外な一面も見れたし、苦手意識も薄らいだし、ただ並んだだけなのに十分な収穫があったな。

　これで心置きなく帰宅できるぞ、と思いながら、駅まで戻った時だった。

「あれ？　名雲くんどこ行くの？」

　コインロッカーの前に立った桜咲が首を傾《かし》げる。

「TKドームまで行くんでしょ？」

　そういえば、ハンバーガー屋でおごってくれるとか言っていたな……。

「ああ、そうだった、そんな話だったな」

　桜咲の満足気な笑みは、まだ保たれたままだった。

　プロレス話とは関係のないところで、こんなにもニコニコしている桜咲を目《ま》の当たりにするのは初めてで、で、できれば桜咲の表情を曇らせるようなことはしたくなかった。

「妹が今、一人で留守番中だから、ちょっと連絡入れさせてくれ」

「へー、名雲くんも妹いるんだ？」

　そういえば、俺と桜咲には、プロレス以外にも、妹がいる、という共通項があったのだ。

　紡希にMINEで一報を入れると、『今、ホラー観てないから平気〜』と返ってきた。

　それだとまるでホラー映画を観る時以外は俺を必要としていないみたいだなー。……俺、それ以外の用途でも必要とされてるよな？

「なんでちょっと凹《へこ》んでんの？」

「いや、ちょっとな。年頃の子は難しいところがあるよなって思って」

桜咲からウザがられるかと思ったのだが、うんうん頷《うなず》いてむしろ同意してくれていた。

妹に関しては、桜咲にも思うところがあるみたいだな。

紡希に連絡をして一安心した俺は、桜咲におごられることにするのだった。

★

桜咲に連れられて訪れたファストフード店にて、夕食を食べ切れるのかどうかわからなくなるくらいボリューム満点なハンバーガーをごちそうになり、せっかくだから、と近場を歩くことになる。

TKドームシティの近くには商業施設があって、俺たちと同年代の男女がいっぱいいた。

当然、中にはカップルみたいな連中だっている。

なんとなく俺は、桜咲と二人でこの場にいることに居心地が悪くなってしまった。

そもそも俺は、結愛とだって二人きりでどこかへ出かけたことがないのだ。

いつも紡希がいたからな。

結愛に一言伝えてあるし、本当にただ買い物をしただけなのだから、後ろめたく思うことはないはずなのだが。

「桜咲さん、ちょっと……高良井《たからい》さんへのプレゼントになりそうなもの、ここで買っていいか？」

とうとう俺はそんな提案をした。

罪悪感から逃れるべく、結愛のための用事、という理由を付けてしまいたかったのだ。

「お、いいじゃん、瑠海も選ぶの手伝ってあげよっか？」

やたらと乗り気な桜咲に導かれて、俺は商業施設のエスカレーターを上がっていった。

★

桜咲の協力を得て選んだのは、メキシカンテイストな雑貨屋にあった、カラフルなガラスビーズが繋《つな》がれたブレスレットだった。校則違反にならない程度に目立ちすぎないシンプルなデザインで、かつ手頃な値段だったので、俺も満足して購入を決めた。

結愛のためのプレゼントをちゃんと買った、という言い訳ができたことで、居心地の悪さは消えてくれた。

「名雲くんさー」

桜咲が、ふと周りを見ながら言った。

「もしかして、瑠海と一緒にいるのデートみたいだから、結愛っちに悪いなーなんて思っちゃってたりする？」

「……まあ、多少は」

隠したってしょうがないからな。

「思い上がってんねぇ」

桜咲が、俺の脇腹にエルボーを食《く》らわせてくる。

「まーでも、大好きな名雲グッズを我慢して結愛っちのプレゼントにお金使ったのは、名雲くんにしてはいいところ見せたかなって」

「褒めてくれてるわりには、あんまりいい顔してないように見えるんだが」

「だって、どっちにしろどっちかを軽く見られたような気がするんだもん」

桜咲は言った。名雲弘樹と高良井結愛の兼オタである桜咲からすれば、どちらか片方しか選べない状況にあればそう思うだろうな。

「あーあ、名雲くんがちゃんと働いていれば、どっちも買えたのになー」

「俺をダメなヤツみたいに言うなよな」

俺は学生として、自分にできる精一杯の仕事をしているぞ。

「名雲くん、勉強するのやめたら？」

「誰が俺の存在を頭から否定しろと言った？」

「だって、その分結愛っちのための時間ができるでしょ？　バイトもできるし」

「俺が勉強していたからこそ、高良井さんに試験勉強を教える時間ができてるんだけどな。高良井さんと関わる時間が、勉強のおかげで増えているだろ」

ところで桜咲は、期末試験は大丈夫なんだろうな？　成績がいいという話は聞いたことがないのだが。

桜咲は、俺のとてもまっとうな言い分にも納得できないようで、呆《あき》れるように首を振った。

「勉強なんて、結愛っちからすればめっちゃつまらないでしょ。もし楽しそうにしてたとしても、それは名雲くんと一緒だからだよ。チッ！」

自分で言っておいて舌打ちするなよな……。

「名雲くんじゃなくて、結愛っちが楽しんでくれるようなことをできないのが名雲くんの限界だよねー」

耳の痛い話だった。

なんだかんだで、結愛は俺のすることに付き合ってくれているけれど、俺の方から結愛を楽しませるために何かをしたことはなかったからな。

「名雲くんの方から、もっと仕掛けないとダメだよ。たくさん受け身をしていいのはプロレスラーだけなんだからね」

俺にとって勉強は唯一の強みだから、頭より先に体を動かすようなことをするのには抵抗がある。

けれど、桜咲の言い分もわかるような気がした。

勉強が第一だったのは、あくまで結愛と出会う前の俺のアイデンティティだ。

結愛がいなかったら、俺と紡希は、今みたいになってはいなかった。

学校を離れれば不安定な場所にいる結愛に、少しでも安心感を持ってもらうためにも、今まで大事にしてきた価値観だろうと変えないといけないのかもしれない。

「だから、瑠海といるのに結愛っちのことちゃんと考えてたのは、褒めてあげてもいいかなーって」

桜咲は微笑《ほほえ》んだ。嫌味のまったくない笑みだった。

「でも、それだけじゃまだ全然足りないんだから」

「わかってるよ」

桜咲は何かと耳が痛い話を繰り出してくるのだが、逆に言えば俺の課題をあぶり出してくれるわけで、参考にはなった。

「返事がいいだけで終わらせないでね」

以前、ファミレスで俺を責めていた時の険のある表情はせず、桜咲は手に持った袋を掲げた。

「名雲ファンの同志としては、これでもちょっとは応援してるんだけど」

今日ばかりは、利害が一致する時だけ協力するライバルキャラみたいな桜咲も、味方に見えてしまうのだった。

◆6【新たなる客】

金曜日の夕方、この日は結愛は不在で、家には俺と紡希しかいなかった。

夕食の準備を始める前に少しだけ今日の復習をしておくか、と自室に向かっていた時だ。

紡希の部屋から、話し声が聞こえた。電話でもしているのだろうか？

聞き耳を立てるつもりはなかったのだが、ちょうど紡希が声を大きくしたタイミングに出くわしたせいか耳に入ってしまったのだ。うちの扉は分厚くはないからな。

「――そう。だったら、二人はすぐに別れた方がいいわね」

紡希にしては、妙に芝居じみた声がする。

「わたしの経験上、その時点で膝枕すらしていないようじゃ、二人は長続きしそうにないから」

いや、これ紡希じゃないな。しゃべり方が違う。

名雲家の視聴環境は、今やテレビではなくサブスクの動画が主流だから、スマホで海外ドラマでも観《み》ているのだろう。いったいどんな青春学園モノを観ているのか知らんが。紡希のことだから、リア充から死んでいくタイプのホラー映画の可能性もあるか。

立ち止まっている場合じゃない。紡希のプライバシーは、極力尊重したいからな。今、扉を開けられたら俺は確実に紡希からの信頼を失ってしまう。

俺は、足早に自室へと向かうのだった。

★

そして夜、紡希と二人で夕食を摂《と》っていた時のことだった。

「シンにぃ」

向かいに座る紡希が声を掛けてくる。

「明日、友達来るけどいいでしょ？」

そういえばこの前、友達を呼びたい、みたいなことを言っていたな。

明日は土曜日だが、俺も紡希も学校がない日である。

「そりゃ別にいいけど」

紡希の友達なら無下にはできない。

紡希は、学区外の中学に電車で通っている。名雲家で暮らすことになっても、転校することなく今の学校に通い続けることにしたからだ。

紡希の状態が落ち着いているのは、結愛のおかげももちろんあるのだが、友達の存在だって大きいのである。

だが、気になることはある。

このパターンは以前、友達と称して結愛がやってきた時と同じだった。

まさかとは思うが、またどこぞのギャルを引っ張り込んでくるんじゃないだろうな。

特に髪がピンク色なのは、勘弁してくれよな。

一応、聞いておくか。

「その友達って、紡希と同い年の子だよな？」

「そうだけど？」

ダメなの？　とばかりに体ごと首を傾ける紡希。

「いや、全然いいんだ。ちょっと悪い予感がしただけだから」

紡希は、俺を前にしてたくさんのハテナマークを浮かべたような顔をしていたが、許可が取れたことで一安心しているようだった。

「あれ？　でも明日は結愛が来ることになってるはずだぞ？」

「うん、だから呼ぶんだよ」

なんで？　と俺は聞き返す。

「結愛さんとシンにぃがいるところを見てもらわないと意味ないから」

「……どういうことかわからんが、まあ、いいだろ」

紡希なりに考えがあってのことだろうし。シンにぃがいると絵面《えづら》が汚くなるからその日は家にいないで、と追い出されるよりはずっとずっといい。そんなことになったら、俺泣いちゃうけどな。

「それと、シンにぃはいつもみたいに結愛さんといちゃいちゃしないとだめだからね」

「……紡希の友達の前で？」

その前に、俺は別に紡希の前でそんな毎回イチャついていただろうか？　結愛はどういうわけかいつも積極的なくせに紡希の前だと恥ずかしがるところがあるから、そう頻繁ではなかったはずなのだが。

「うん。わたしの友達の前で」

「何故《なぜ》？」

「そうしないとだめなの！　いっそチューしたっていいんだから！」

とんでもない要求をする紡希である。

なんだろう、これ。たんに友達が来るってだけの話だったのに、半端《はんぱ》じゃなく面倒な事態になりそうな予感がする。

「わかったよ、でもちゃんと節度は守るからな。変な期待はしないでくれよ」

そもそも、紡希が言うところのイチャつきは結愛次第なところがあるから、俺に期待されるのは困る。まあ紡希の頼みだから、できるだけ聞くけどな。俺の方から手を繋《つな》ぐことくらいなら辛《かろ》うじてできるぞ？

「あと、もう一つだけあるんだけどー」

「なんだ、深刻そうな顔して……」

「友達の前でわたしがどんなふうになっても、絶対に引いたりしちゃだめだよ？」

「……怪物にでも変身するのか？」

「違うよー」

紡希は俺から視線をそらして頬杖《ほおづえ》をつくと、明後日《あさって》の方向を見つめて遠い目をした。

「シンにぃは気楽でいいよね。どこに行ってもシンにぃでいいんだもん。わたしがどれだけ大変かなんて、わからないだろうね……」

訳知り顔で、鼻で笑うように息を吐き出す紡希を前にして、俺は当日が不安になってしまうのだった。

★

翌日。

紡希の友達は昼から来るそうで、俺はリビングに掃除機を掛けることで気持ちを落ち着けようとしていた。

紡希の友達だから、と快諾したものの、やはり知らない女子が我が家に来るとなると緊張だってしてしまうというもの。

同級生女子に対してするような、異性への緊張と違って、俺の振る舞い如何《いかん》では紡希の株が下がってしまわないか心配してのことだ。

「慎治、さっきからそわそわしっぱなしだね？」

結愛はやたらとくつろいだ様子で、ソファに寝転がりながら、楽しい余興でも見ているような顔をこちらに向けてくる。

「これがそわそわしないでいられるか。紡希の友達に……俺の振る舞いを逐一チェックされるかもしれないんだ。紡希に恥をかかせるわけにはいかない大事なイベントなんだから、緊張だってするだろ」

「紡希ちゃんと遊ぶのが目的なんだから、慎治のことなんてそんなガッツリ見ないって。ふつーにしてればいいじゃん」

それよりさ、と言って、結愛が立ち上がる。この日はやたらと股下が短いデニムのショートパンツで、白い腿《もも》が眩《まぶ》しかったのだが、それよりもこの前結愛のために買ったブレスレットが左腕で輝いていて、照れくささで目をそらしそうになる。俺の部屋で試験勉強をする時に、ついでに渡したのだが、そう高価なものではないというのに、結愛は飛び跳ねかねない勢いで喜んでくれて、その日はいつも以上にやたらとくっついてきて勉強にならなかったのだった。まあ家の中ならいいのだが、授業中にも事あるごとに左手首を眺めてうっとりするような顔をするのは、クラスメートにバレそうだからやめてほしいところ。授業中に挙手する積極的な生徒と思われて、教師から問題を答えさせられそうになった時はちょっと吹き出しそうになったけどさ。

「私たち、紡希ちゃんの友達の前でいちゃいちゃしないといけないんだよね？」

「それは紡希が大げさに言ってるだけで、仲いいところを見せてね、ってだけのことだから」

紡希の意図はいまだによくわからないところがあるものの、そんな感じだろう。たぶん。

「じゃあ、ちょっとウォーミングアップした方がよくない？」

「イチャつくためのウォーミングアップってどういうことだよ」

「いいから。そわそわしながら待つよりいいでしょ？」

「緊張しないといけないことが増えるだけだと思うんだが……」

結愛には悪いが、紡希の友達が来る前に精神的に疲弊するのは避けたいんだよな。

そんな俺に構うことなく、結愛は俺のそばにすすっと寄ってくる。

「恥ずかしがらずに済むように、今のうちに恥ずかしいことしちゃえばいいんだよ」

ウォーミングアップとやらのモードに入ったらしい結愛は、俺をソファに座らせると、
俺の左脚に自分の右脚を絡《から》めてきた。結愛の右脚が蛇になったみたいだ。こんな艶《なま》めかしい蛇もいないだろうが。

「練習でできないことを、本番でできるわけないもんね」

「急に体育会系じみてきたな」

「よしおらぁ、『好き』って言えおらぁ。やらなかったらグラウンド１００周だぞおらぁ」

「体育会系を盛大に誤解してないか？」

俺より何百万倍も体育会系との交流は深いだろうに。……いや、だからこそ結愛が戯画化した方に真実があるのかもしれない。そんなわけないか。

「いいから、とりあえず『好き』って言ってみてよ〜」

ニヤニヤする結愛が、俺の顔を覗《のぞ》き込んでくる。

「練習だとしても、言った、って事実をつくっておくの大事だよ。この状態で言えたら、慎治が不安になるようなことはなにもなくなるでしょ」

「それは、まあそうかもしれないけどさ……」

「あと、ちゃんと私の目を見てね」

俺の肩を摑《つか》んだ結愛の顔が急接近する。

「慎治の目に私が映った状態で言って」

「ハードルどんどん上げてきやがるな……」

断りたい気持ちは、あった。ウォームどころかヒートするレベルだから。

だが、桜咲と出かけた日のことを思い出した。

俺はとにかく受け身すぎるのだと、桜咲から言われてしまったばかりじゃないか。

これも、思い切った一歩を踏み出すいい機会だ。

考えて行動するばかりではなく、勢いに任せて行動する時があってもいいはずだ。

「好きだ」

結愛の瞳に映る自分の姿と対峙《たいじ》するような感覚で、気を引き締めて俺は言った。

力が入るあまり、思わず、結愛の肩まで摑んでしまっていた。

「もっと言ってみてよ」

その方が練習になるでしょ、とばかりに結愛が言う。

「結愛、好きだ」

一度言ってしまったあとだ。二度目はそう躊躇《ちゅうちょ》することはなかった。

「んふふ、そんなに好きなの～？」

そう言わせようと決めた張本人のはずなのに、結愛の表情が緩み始める。

やたらご機嫌に見えたので、結愛の要求する水準に達することはできたのだろう。

「あっ、シンにぃがフライングしてる！」

死角から、紡希の声が響いた。

「もう！　百花《ももか》ちゃんが来るまではそういうのとっておいて！」

「とっておけって言われてもなぁ……」

そんな器用に微調整みたいなことできるわけないでしょうが。

ちなみに、百花ちゃんというのが、紡希の友達の名前らしい。

「大丈夫だよ、紡希ちゃん。本番ではもっとすごいことするから」

「ハードル上げるなよな」

そもそも結愛、お前、なんか強気なこと言ってるけど、紡希の前ではお前もわりと恥ずかしがる方だろ。

いや、結愛のことだ。いつまでも純情ぶるようなことはするまい。紡希の前だろうと平気で痴態を披露できるメンタルを身に着けたのかもしれない。だとしたら、結愛はまた恐ろしい進化を遂げてしまったようだ……。

「わ、すごい！　生キス大公開だね！」

「ん？　うーん、まあ、それに近いことは期待しててもいいかなぁ……」

大喜びな紡希を前にしながら、歯切れが悪くなる結愛の視線は確かに泳いでいた。

どうやら相変わらず、紡希の前では恥ずかしくなってしまうこともあるらしい。

制御不能なモンスターになっていなくて、一安心だよ。

◆7【義妹の親友がやってきた】

紡希の友達である百花ちゃんがやってきたのは、ちょうど昼になった時だ。

玄関で出迎えた紡希が、リビングまで百花ちゃんを連れてくる。

スラッとした印象のある、長身の女の子だった。

地毛らしい綺麗《きれい》な栗色《くりいろ》の髪は、肩のあたりまで伸びたショートヘアで、メガネを掛けているのだが、前髪のせいで片方の目が隠れていた。顔の大半が髪の毛で隠れていても、片方の瞳は大きく、唇も血色が良くてふっくらしているので、よく見れば整った顔立ちとわかった。

ただ、姿勢はあまり良くなく、常に頭を下げる準備をしていそうなくらい上半身が前に傾いていた。

大人しい印象だが、明るい髪色のおかげか、それとも整った顔立ちのせいか、地味で野暮ったく見えることはなかった。小顔で長身のモデル体型だからかもな。

小柄な紡希の後ろに隠れるようにして立っているあたり、初めて訪れる家に緊張しているのかもしれないし、元々そういう控えめな性格なのかもしれない。百花ちゃんの前に立っている紡希の方が堂々としているように見える。まあ自分の家にいるわけだから当たり前か。

紡希の背中にくっつくようにしてこちらにやってきた百花ちゃんは、俺に一瞬だけ視線を合わせると。

「あの、つむちゃんのお兄さんですよね？」

「そうで……いや、そうだよ？」

ついつい丁寧語になりそうだったので、慌ててタメ語に切り替える。俺は初対面の相手には、たとえ年下だろうが丁寧語になってしまうのだ。

紡希が普段話していた内容から察するに、百花ちゃんは俺と紡希の事情を知っているようだ。紡希の兄を名乗ったって問題ないはず。正確には、紡希の立場上いとこ同士のままなんだけどな。紡希には、まだ『彩夏さんの娘』でいる時間が必要だろうから。

「あっ、自己紹介が遅れました。はじめまして」

百花ちゃんが、慌てた様子でぺこりと頭を下げる。

「私、伊丹《いたみ》百花っていいます」

それが百花ちゃんのフルネームだそうだ。

身長は高いものの、声は可愛《かわい》らしかった。初対面で緊張しているのか、声が多少上ずって聞こえた。こんな細かいところまでわかるのは、俺も同様のタイプだからである。

ただ、きっちり挨拶をするあたり、大人しいながらもしっかりした子なのだろう。

「ああ、よろしく」

気軽に答えるふりをしながらも、俺は緊張していた。

動揺していることを悟られずに済んだらしく、百花ちゃんはにこやかな笑みを浮かべてくれた。

百花ちゃんの視線が俺から隣に移った時、ぱっと笑顔が明るくなる。

「あの、高良井結愛さんですよね⁉」

俺の時とは違う、身を乗り出すくらい前のめりになって、結愛に声を掛けた。

「そうだよ〜。よろしくね〜」

いきなりテンションがアップした百花ちゃんに動じることなく、結愛は嫌味のない笑みを返す。

「つむちゃんからいつも聞いてます！　わー、すごい！　実物の方がずっと綺麗ですね！」

まるで芸能人を前にしたみたいな扱いだ。

「ありがとう〜、ていうか、百花ちゃんもめっちゃ可愛いよ？」

結愛は、百花ちゃんの前まで来ると、本当に自然な動作で、軽く抱擁を交わした。

その腕の中で、百花ちゃんは頬を赤くして腰から砕けそうになっていた。

結愛の反応は予想通りだ。初対面の年下が相手でも普段と同じだった。百花ちゃんからすれば俺は引き立て役の前座にしか見えないかもしれない。まあいいさ。失点さえしなければいいんだ。結愛の隣にいたら、たいていのヤツは見劣りして当然だからな。

俺の振る舞いは、紡希だって気にしているはず。

俺は、身内に恥をかかせることのない振る舞いができていただろうか？

「ほら百花、いつまでも立ってないでそこに座ったら？」

まるで長い髪でも払うような仕草をする紡希を見て、違和感を覚えた。

紡希の声のトーンが、普段より落ち着いていて、低くなったように聞こえたからだ。

決して冷たい態度を取っているわけではないのだが……なんだこの違和感は？

「でもでも、せっかく高良井さんに会えたんだし～」

「結愛さんとお話しする機会はこれからいっぱいあるんだから。あんまりはしゃいだら結愛さんだって困るでしょう？」

「あ、そっか……」

「仕方のない子ね」

これも、あの紡希のセリフである。

もし俺が漫画だったら、黒塗りの背景に「!?」という漫符が描かれていたはずだ。

紡希……お前、なんだそのプライドが高い優等生みたいなキャラは？　しかも普段俺と会話している時の語彙力じゃないだろ。

いや、俺には聞き覚えがある。

この前、紡希の部屋を通りがかった時に耳にした、やたらと芝居がかった声だ。

あれはドラマか映画の音声が漏れていたのかと思ったのだが……まさか紡希だったのか？

「紡希……」

真相を訊《たず》ねようとした時、俺の脇腹に衝撃が走った。

「…………」

無言の結愛が、ノールックで俺をつねってきていたのだった。

これは……「触れるな」ということだろう。

そうだ。紡希も、事前に、どんなふうになっても引くな、みたいなこと言っていたもんな。どうやら、これがそれらしい。紡希も、ふふっ、と下僕を見下すような笑みを漏らしながら、さり気なくアイコンタクトを送ってきているしな。余計なことをしなくてよかっ

た。

「そうそう、結愛とは好きなだけ話せるんだからさ。来たばっかりで疲れただろうから、そこに座って足休めててくれよ。お菓子用意してあるから」

百花ちゃんに向けて、俺は言った。

紡希の珍妙なお嬢様キャラは気になるところだが、紡希の友達と実際に対面しての第一印象は、人見知りで他人へのジャッジが厳しいことに定評がある俺を以《もっ》てしても高い部類に入るくらい良かった。結愛を前にした時はテンション上がりすぎで多少おかしなことにはなっていたけれど、十分許容範囲内である。むしろ、あれだけ素直に感情表現できることを好ましく思った。

キッチンに向かい、あらかじめ購入しておいたお菓子とジュースを用意する。

ジュースは買ってきたものだが、お菓子は、結愛お手製のクッキーだ。百花ちゃんがやってくる前に、うちのオーブンを使って見事につくってくれていたのだった。

「慎治、やらかそうとしてたでしょ？」

俺の横に、結愛がすすっと寄ってきて、キッチンの台に腰を預けた。

「……いや、だってあれは」

「気持ちは私にもわからなくはないけどね」

どうやらお叱りを受ける心配はないようだ。

「紡希はなんであんなことに？」

俺は結愛に訊ねる。

「中学校ではあんな感じなんじゃない？」

「何故《なぜ》？」

「家と学校じゃ、キャラが違うことだってあるでしょ」

結愛にそう言われると、俺は反論できなくなる。

それは紡希のことだけではなく、結愛のことでもあるかもしれないのだから。

俺が昔からよく知っている紡希の姿は、家での紡希の姿だ。

だから、あのよくわからんお嬢様キャラこそ、よそ行き用にこしらえ上げられたキャラだと思うのだが……自信がなくなってきた。

俺は、一日の大半を過ごすことになる学校での紡希をまったく知らないのだから。

「慎治、そんな心配しなくて平気だよ。シスコンだねぇ」

微笑《ほほえ》む結愛が、俺の頰を突いてくる。

そんな結愛を見ていると、あれこれと深刻に悩むことでもないように思えてきた。

もはや俺は、結愛が言うことなら間違いない、と思ってしまうくらい、結愛を信頼しているのかもしれない。

「まあ、どうなるか見てみようじゃないの」

などと、外国人の翻訳インタビュー記事にありがちな締めの言い回しみたいなことを言う結愛。

「ていうか慎治、やっぱああいう子の方が好き？」

さっきまで紡希の話をしていたのに、突然百花ちゃんの話になったものだから、俺はコップに注いでいたジュースをこぼしそうになった。

「何いってんだ、相手は中学生だぞ？　そういう対象じゃない」

「そっかー。よかった。慎治はおっぱい強調して寄ってくるような子じゃないとダメだもんねー」

「それだと俺がド級のスケベ野郎みたいだろうが」

「えー、慎治は私がおっぱい強調して迫らなかったら、絶対仲良くなろうとしなかったでしょ？」

「俺を何だと思ってるんだ……ていうかお前、何かと胸が当たる距離まで来るのはやっぱりわざと……」

「ふふふ、どうかなぁ～。大きいせいで意識しなくても当たっちゃうのかもしれないよ？」

大きいだなんだ、と言うせいで俺はついつい視線を下げそうになってしまうのだが、耐えなければ。おっぱい人間だと思われてしまう。

これだけは言っておかねばなるまい。

俺の名誉のために。

「俺は……結愛の胸を好きになったわけじゃないからな」

おっぱい目的ではないと、声を大にして言いたかった。

結愛と一緒にいたいのは、紡希のことを含めて、一緒にいるといい影響をくれるからだ。

人として好きなわけで、体のパーツに限定した偏愛を持っているわけじゃない。

その辺、理解してくれよな、なんて思っていると、結愛は両手で口元を隠していた。

「慎治が面と向かって『好き』って言ってくれたの、初めてじゃない？」

顔色こそわからないけれど、潤んだ瞳がこちらを向く。

そういう意味じゃないんで……なんて言ったら、傷つけてしまうんじゃないか？

「……俺だってそれくらい、できらぁ」

最近の俺、調子に乗りがち。

「めっちゃ嬉《うれ》しいんだけど！」

結愛を前にした百花ちゃん以上のテンションになった結愛は、俺の背中に顔を押し付けるみたいにして抱きついてきた。

「あぁ～、慎治が私のこと好きって匂いがする～」

「俺はストレス臭の亜流みたいなもんが出る体質なのか？」

嫌なにおいよりはいいけどさ。

背中がやたらとくすぐったくて、トレイを持った手が震えそうだった。

「ねー、慎治～。二人っきりで部屋行っちゃう？」

鼻先を俺の背中にぐりぐりし続けている結愛の声が艶っぽくなりやがる。

「何をするつもりなのか怖いから聞かないが、紡希は俺たち二人にも一緒にいてほしいと言ってるんだ。だからリビングから離れるわけにはいかないだろ」

「私はいいけどさー、二人にはちょっと刺激強すぎない？」

「リビングで何するつもりなんだよ。恐ろしいヤツだな……」

性欲が昂《たか》ぶったみたいな発言をする結愛だが、これは完全にからかいモードに入ったサインなんだよな。こんな見た目でも結愛は常識人で、ちゃんとしたヤツだから。だから俺も勘違いしてドキドキするなよ……。

俺は、これ以上からかわれることのないように、逃げるようにリビングへトレイを運ぼ

うとする。

「ほら、大事なお客が待ってるぞ」

「え～、部屋行こうよ～」

「お前……紡希の友達を蔑《ないがし》ろにする気か？」

しかも、結愛への憧れを隠そうとしない、お前のファンだろうに。

「ん～、じゃあしょうがないか。ガマンするね」

やっぱり結愛に言うことを聞いてもらうには、紡希のことを思い出させるのが一番みたいだな。

◆8【義妹の周りの優しい世界】

俺と結愛は、紡希が当初言っていたように、中学生組の二人に混じるかたちで一緒にリビングにいた。

紡希と百花ちゃんは二人がけのソファにいて、俺と結愛は、一人がけのソファに二人で座らせられたり、テーブルが目の前にあるカーペットを敷いた床に座っていたりしたのだが、どちらにせよ結愛が俺にひっついていることに変わりはなかった。紡希が要望した通り、イチャついているわけだけど、伝わっているだろうか？

年下ながら同性ということもあり、やがて結愛も、女子中学生組の会話の輪に混ざり始める。年齢差はあっても女子だよな。おしゃべりが好きなんだ。

百花ちゃんは絵心があるらしく、持参したタブレットＰＣに専用のペンを使って何やらイラストを描く遊びを始めた。

それを見た紡希が、「尊いわね」と言い出すと「尊いでしょ？」と百花ちゃんが返し、「めっちゃ尊いわー」と結愛まで混ざった。

結愛、お前、意味わからないでノリで言ってるだろ？　俺にもわからんけどさ、まあ、みんな楽しそうだからいいけど。

一人だけ取り残されて、自分の家なのにアウェイ感を味わいそうになるものの、「慎治も入って入って」と俺の腕を引っ張る結愛によって強制的に混ざることになった。結愛の態度から察するに、どうも俺が自然に混ざるのを待っていたらしいのだが、女子三人が和気あいあいとしている場に飛び込んでいけるわけがないだろ。俺だぞ？

ガン〇ンに載ってそうなタッチのイラストを描く百花ちゃんの周りで、女子たちが会話に花を咲かせる中、女子が苦手な俺としては必然的に聞き役に回ることになる。

こんな時でも気になるのは、紡希のことだ。

クールなお嬢様ギミックを演じるという謎の行動を起こす紡希だが、百花ちゃんとは楽しそうにやっていて、少なくとも今のところは、キャラをつくったせいで起きる問題はないように見えた。

一旦、紡希のキャラのことは置いておこう。せっかく紡希の学校生活をよく知る友達がいるのだ。この機会に聞きたいことは山程ある。

「百花ちゃん、学校では紡希と一緒にどんなことしてるのかな？」

そう訊《たず》ねてみることにした。

「紡希は、百花ちゃんのことはよく話してくれるけど、自分のことはなかなか話さないからね」

「慎治兄さん、そんなことが気になるの？」

百花ちゃんよりも先に、相変わらず声をつくっている紡希が口を挟んでくる。

慎治兄さん。

俺への呼び方もこれだからな。なんだか関西の芸人にでもなった気分だ。

紡希からすると、シンにぃ、は幼く感じるのだろうか？

「そりゃ気になるだろ。紡希の学校のことはよくわからないからなぁ」

「そのかわり慎治兄さんの学校生活を百花に教えるのなら、わたしの学校生活がどんななのか、百花から聞いてもいいよ？」

紡希め……嫌らしいところを突いてきやがる。

てっきり俺は、紡希が俺の口からぼっちだと言わせたいのだと思ったのだが。

「慎治兄さんが結愛さんとどれだけ仲がいいか、百花に教えてあげて」

どうやら俺のぼっち生活を赤裸々にして公開処刑しようというわけではないらしい。

これも、事前に言っていたように、俺と結愛をイチャつかせようとする手なのだろう。

「言葉ではなく、態度で教えてあげてくれない？」

うちの義妹は、なんて酷な要求をしてくるのか。

「おっけ〜。ほら慎治〜、キスしよ？」

すぐ隣にいた恥知らずが腕を首に巻き付けてくる。座りながら結愛をお姫様抱っこしているような体勢になってしまっていて、その尻は俺の股の間にすっぽりハマってさあ大変状態なんだよな。俺の理性が。

とはいえ、流石《さすが》にこれは結愛のブラフとわかった。

結愛は紡希の前では、俺にちょっかいをかけることはできてもキスまでは恥ずかしがってできないからな。

などと油断しきっていた俺の頬に、柔らかい感触と甘い匂いがやってきて、俺の体温が急激に上昇した。

「まー、学校でもうちらの関係、こんな感じっすわ」

ドヤ顔ならぬドヤ声で結愛が言う。

百花ちゃんは、真っ赤になっていて、両手のひらで顔を覆ってしまっているし、言い出しっぺの紡希ですらほんのりと頬に朱が差していた。

「……なん……だと……？」

一番動揺していたのは、もちろん俺である。

なんでだよ、お前、ルチャマスク被《かぶ》ってキスしたの紡希に見られてたとわかった時すっごく恥ずかしがってたでしょうが……。中の人変わった……？

「やらないと思ってたでしょ？」

俺の耳元で、結愛が艶っぽく囁《ささや》く。

「残念でした。さっき慎治にお預けくらっちゃったからね～」

バカな！　内なるムラムラパワーが羞恥心を上回ったというのか⁉

どうやら俺は、結愛の性欲を侮《あなど》っていたらしい。今後、取って食われないように気をつけなきゃ……。

「……ふん。いいじゃない」

紡希は、まだ頬に熱を残しながらも、なんでもないような顔をして髪を払うような仕草をする。だからお前、払うほど髪長くないだろ。

「百花、教えてあげて」

あわわ、そうだね、とまだある程度の動揺を残しながらも、紡希から促された百花ちゃんが話し始めた。結愛も俺の隣に戻る。よかった。あの体勢のままじゃお話しどころじゃないからな。

「つむちゃん、学校ではみんなに人気あるんですよ」

百花ちゃんが答えた。

「人気って……男子に？」

そう聞き返した途端、隣にいた結愛に腰をつねられた。

「……圧が強いって」

百花ちゃんに対してにこやかな笑みを崩さないまま、結愛がぼそっと耳打ちをしてくる。

「男子もそうですけど、女子にも人気で」

「女子にも！」

思わず、人差し指を立てた両拳を何度も突き上げてしまった。お祝いの準備しといた方がいいか？

「……態度の変わり方がわかりやすすぎでしょ」

またも結愛から突っ込まれようが、俺の期待感が収まることはなかった。

「つむちゃんは、恋愛の話にすごく明るいんですよね。それでみんなの相談に乗って、頼りにされてるんです」

「恋……愛……？　痛っ」

だからつねるなよな……。ちょっと不思議に思っただけだろうが。別に男の影を警戒して聞き返したわけじゃないっていうのに、早とちりするなよ。せっかちだな。

「紡希が……恋愛相談？」

俺は疑惑の視線を紡希に向けるのだが、紡希はあくまで涼しい顔をしてジュースなんぞをすすってやがる。

まあ、普段の俺たちへの態度を見る限り、紡希もまた年頃で恋愛沙汰に興味を持っているのは理解できるのだが、どちらかというと、無邪気にエンタメとして楽しんでいるだけで、とても相談に乗れるようなタイプには思えなかった。

「だって、年上で、これだけ仲のいい恋人同士が身近にいるんですよ？　みんなつむちゃんを頼りにしちゃいますよ」

百花ちゃんが言った。

なるほど、謎が解けたぞ。

だから、俺と結愛に対して、事前に「イチャついて」と頼んできたのか。

紡希は、「高校生カップルが身近にいる」ことをクラスメートに知られているからこそ、恋愛相談で頼りにされているのだろう。相談する側としては、経験豊富な相手に話を持ち込みたいからな。中学生からすれば高校生は大人に見えるわけで、そんな高校生カップルと同棲《どうせい》レベルで一緒に暮らしている立場なら、恋愛相談しようと思う人間も多くいるだろうし。

たぶん、その根拠というか証拠を、百花ちゃんに見せたかったのだ。

百花ちゃんの疑いを晴らしたいわけではあるまい。今日の態度で、百花ちゃんが紡希を疑う様子は見当たらなかったから。

たんに、百花ちゃんからの信頼を、より強固にしたかったのだろうな。

「すごいね～、紡希ちゃんめっちゃ大人じゃん」

結愛がにこやかな笑みを紡希に向ける。

「そうなんだよ……いえ、そうなの」

憧れの結愛から褒められて、一瞬元の紡希が顔を出しそうになったな。

「私が中学の時なんて、恋愛のことで相談されたことなんてなかったよ～」

「えっ、高良井さんが⁉」

「結愛さんのことだから、恋愛相談なんていっぱい受けてるものと思ってたのに……」

中学生組が驚きを見せた。

「いやいや、紡希ちゃんにはかなわないって」

結愛が右に左に手を振る。

「つむちゃん、つむちゃんのやってることって、すごいことなんじゃない⁉」

「うん、うん。わたしってすごいのかも……！」

なんかだんだん俺の知っている素顔の紡希が顔を出し始めたな。そのうち、百花ちゃんの前でも関係なくいつもの紡希に戻ってしまいそうだ。ムタのペイントが剝げてただのM藤さんになっちゃうみたいに。

無邪気にきゃあきゃあはしゃぎ始めた女子中学生二人を前にしているのは微笑《ほほえ》ましくあるのだが、どうやら俺は、同性でも気づかないことを気づいてしまったらしい。

中学時代の結愛が恋愛相談で頼られなかったのは、能力が不足していたからではなく、相談したせいで好きな人を取られてしまったらどうしよう、という相談者女子の懸念《けねん》があったからだと思うんだよな。結愛のことだから、中学時代も毎日のように告白されるくらいモテていたのだろうし。紡希と百花ちゃんは、ありえないくらいモテる結愛のことを知らないからな。

結愛に褒められただけで、かんたんに謎のお嬢様キャラが崩壊するのだから、やはり紡希はちょっと無理をしてキャラ作りをしているのだろう。その綻びが生じた時、学校にいる周りの人たちがどう思うのか、俺は相変わらず不安な気持ちが消えなかった。

ただ、百花ちゃんと仲良しなのは確かみたいだ。

つくったキャラの綻びが露呈しようとも、気まずくなることなく一緒になって無邪気にはしゃげるのだから。

★

日が暮れる前に、百花ちゃんは帰ることになった。

季節はもう夏に突入していることもあり、日没が遅く、まだまだ外は明るい。

俺と結愛は庭に立っていて、門の前に立つ百花ちゃんを見送ろうとしていた。

紡希は、駅まで百花ちゃんを送っていくそうだ。百花ちゃんの隣で、アスファルトに長い影を伸ばしていた。

「今日は、ありがとうございました」

百花ちゃんがぺこりと頭を下げる。手には、お土産代わりに結愛手製のクッキー入りの、綺麗《きれい》にラッピングされた小袋があった。

「またいつでも来ていいからね」

俺は言った。もちろん本心である。紡希の友達なだけあって、とてもいい子だった。

「はい、ぜひ」

百花ちゃんが感じの良い笑みを返してくれる。

うちにやってきた直後の様子から、引っ込み思案な性格なのかと思っていたのだが、たんに人見知りをするというだけで、慣れてしまえば紡希の背中に隠れるようなこともなくなっていた。

「今日は、来てよかったです。それに、つむちゃんから話に聞いていたのよりずっと素敵でしたから」

結愛ったらまた高評価レビューをもらっちゃうんだから、と思いながら、冷やかしてやろうという意図で俺は隣に視線を移そうとするのだが。

「あ、いえ、お兄さんのことです」

百花ちゃんが、うつむきながら訂正してくるものだから、結愛に向かっていた首をぐりんと無理に戻すはめになった。

「でしょ～！」

どういうわけか、自分が褒められたわけでもないのに結愛が嬉《うれ》しそうにしながら百花ちゃんの肩に腕を回す。ふんふんと鼻息が荒いのはどうにかしてくれ。

「百花ちゃんもっと言ってあげてよ～。私も前からそう言ってるんだけど、慎治ったらぜーんぜん信じてくれないんだから」

「そうなんですか？」

「俺は自惚《うぬぼ》れない男なんだよ……」

褒めてくれるのは嬉しいが、はいそうですか、とすんなり受け入れられやしない。

「私、お姉ちゃんしかいないから、男の人は苦手なんですけど、お兄さんは穏やかだから、苦手な感じしなかったですし」

追い打ちのように百花ちゃんが褒めてくれる。

「そうかなぁ」

紡希の友達だから、と慎重に接したことが、かえって好印象を抱かせたのだろうか？百花ちゃんの周りにいる中学生に比べれば俺は背が高いから、何もしなくても大人っぽく見えてしまい、それをかっこいいと勘違いしてしまうのかもしれない。

「百花、夢見すぎよ」

ガバガバ設定のお嬢様キャラのままな紡希が、俺の隣に立って指をさしてくる。

「慎治兄さんなんかたいしたことないわ。毎日ごはんを作ってくれて、駅まで送ってくれて、わたしが泣きそうになったら助けてくれる。それだけの人よ」

それだけ言うと、紡希は、離すまいとするかのように俺の腕にしがみついてくる。

愛する義妹のとんでもない高評価にのぼせ上がりそうになるのだが、それよりも前に百花ちゃんの前で、大人っぽさを志向しているはずのキャラが大崩壊するような発言をしたことが気になってしまう。

「ちなみに今のは全部逆よ。わたしがいないと慎治兄さんは何もできないのだから」

紡希もマズいと悟ったらしく、慌てて訂正した。

間違いではないよな。紡希が存在しなかったら、俺も紡希のために何かをすることはないわけだし。

「いいなぁ、つむちゃんは」

百花ちゃんは、紡希がボロを出すのを前にしても特に気にする様子はなかった。

「ほら、暗くならないうちに百花ちゃんを送ってやれよ。夜までかかったら、今度は俺が紡希を迎えに行かないといけなくなるし」

このまま俺といると、せっかく紡希がつくったキャラが破綻してしまいそうだ。バレる前に早いところ百花ちゃんを送っていった方がいい。

そして紡希は、百花ちゃんと一緒に、駅への道を歩いていく。

「ていうか慎治、緊張しないで話せてたじゃん？　思ったより全然よかったっていうかー」

中学生組がいなくなった庭で、結愛がニヤつきながら言った。

「心配することもなかったね」

確かに結愛の言う通り、初対面の百花ちゃんが相手でも上手《うま》くコミュニケーションできたようだ。その証拠に、百花ちゃんからお褒めの言葉をもらってしまったわけだし。

「紡希のあの変なキャラに気を取られて、緊張なんて忘れてたのかもな」

「うーん、紡希ちゃんの前でいいところ見せようって思ってたのがよかったんじゃない？」

「それもあるだろうけどな」

「慎治さー、クラスの子の前でも、ちょっとカッコつけてみたら？」

結愛が突拍子もない提案をしてくる。

どうして俺がそんな媚《こ》び売りみたいなことをしないといけないんだ？

そんな疑問は湧くのだが、妙に楽しそうな結愛を前にすると、水を差すようなことは言えなくなってしまった。

「あれ？　百花ちゃんどうしたんだろ？」

結愛が通りの向こうを指差す。

門を抜けてから一本目の電柱を通り過ぎたあたりで、百花ちゃんがてこてこ走りながら引き返してきたのだ。

「あの、言い忘れたことがあって」

走ってきたせいか、百花ちゃんは息切れしていた。運動は苦手みたい。

「つむちゃんのことなら、心配しないで任せてください！」

ファーストコンタクトを思うと、考えられないような頼もしい言葉が飛んでくる。

「つむちゃんが本当はどんな感じか、ちゃんとわかってますから」

額にほんのりと汗を浮かべて微笑む百花ちゃんは、本当に信頼できる表情をしていた。

やっぱり百花ちゃんは、本当の紡希に気づいていたのだ。

「そっか。まあ、ガバガバだったもんな」

遠くで紡希が両手を後ろに組んで、覗《のぞ》き込むようにしながらこちらの様子を気にしていた。

「やっぱり、紡希が学校でボロ出しちゃったの？」

「いえいえ、学校では、そんなこと全然ないんですよ。ちゃんとああいう感じで。でも、家族の前だと本当のつむちゃんになっちゃうんだなぁって。ああ、やっぱりなぁ、こっちが本当だったんだ、って思ったんです」

どうやら、学校では上手く隠し通せているらしい。

俺は安堵《あんど》するとともに感動していた。

家族……か。学校ではキャラを演じきっている紡希が、すぐ本性を出してしまうくらい安心できる場所に、名雲家がなっているのならいいのだが。

「じゃあ、百花ちゃんは前々から気づいてたんだ？」

「はい。だって」

微笑みながら百花ちゃんが見せてくれたスマホには、以前紡希のスマホを買いに行った時に撮った、俺と結愛と紡希の姿が収められた写真があった。

「このつむちゃんを見たら、こっちのつむちゃんが本当なんだろうなってわかりますよ」

百花ちゃんは、三人で撮った写真を愛《いと》おしそうに見つめる。

「確かにねー、この紡希ちゃん、ヤバいいい顔してるからね」

結愛が覗き込んで言った。

そのヤバいいい顔をさせた功績は、結愛のものだ。

あの日、結愛が勝手についてこなかったら、この写真だって撮れなかったんだからな。

「百花～！　早くしなさい！　暗くなってしまうわ！」

遠くにいる紡希が、大きな声で呼ぶ。

百花ちゃんが紡希の正体を知っているとわかった後では、とんだ道化に見えてしまうが、当の百花ちゃんはそんな紡希ですら愛おしいようだった。

ぺこりと一礼して、百花ちゃんは紡希のいる場所へ戻っていく。

夕方と夜の境目な空の下で、二人の姿が道の向こうへ消えていくまで、俺と結愛は並んで見守るのだった。

■第三章【俺にできない闘い方】

◆1【親父《おやじ》の探しもの】

夜。

親父が部屋で荷造りをしていたので、俺も手伝っていた。

期末試験が控えている身だから、勉強に集中したい気持ちはあるのだが、親父は明日からアメリカへ遠征に旅立ってしまい、しばしのお別れになるからな。ちょっとした親孝行をすることにしたわけだ。

「ペイッ！」

「親父、力技で無理やり収めようとするなよな。あとで破裂するぞ」

スーツケースに向けてストンピングするなよな。壊れるぞ。

親父は昔からパッキングが下手なので、遠征する時の荷物はたいてい俺が詰めることになっていた。遠征先で荷物がどうなるのか、俺は知らないけどな。

「親父、今度はこれ持っていくのか？」

俺は、ホラー映画の怪物みたいなおどろおどろしいデザインのラバーマスクがスーツケースに入っているのが気になった。

「ああ。プエルトリコの団体からもオファーがあってな。オレじゃなく、オレの相棒をご指名なんだよ。小せぇトコなんだけど、若い頃世話になったからなぁ。恩返ししてやらなきゃなんねぇんだわ」

親父は言った。

プロレスラーは、いくつもの『顔』を持つこともある。

親父も例外ではなく、名雲弘樹《なぐもひろき》という素顔以外にも、別の『顔』を持っている。今でこそ、コンディションの都合で素顔以外のキャラクターでリングに上がることはないが、若い頃は怪奇系、コミカル系、ルチャ系、と、マスクを被《かぶ》り分けることで色々なスタイルで闘うことができたらしい。中の人が全部別人なのではと思えるほど、見事に使い分けていたそうだ。

「親父、今度紡希《つむぎ》にキャラの作り方教えてやってくれない？」

この前の紡希の一件を、俺は親父に伝えていた。一応、家族には教えておかないとな、と思ったのだ。

「いいけどよ、『相棒』はちょっと忙しいからな。ヒマになりそうだったら、『代理人』としてオレが伝えとくからよ」

「親父、俺の前ではそのギミックいいから。『相棒』も『代理人』も親父のことだろ」

「違う。オレとは別人だ。今度よく見てみろ。上腕三頭筋と腹斜筋のカットがオレと全然違うだろ」

俺のはこう！と、突如Tシャツを脱いだ親父がポージングをして筋肉を強調する。

この期《ご》に及んで親父は、マスクマンとしての姿を、自分とは別人、と言い張るのだ。

今に始まったことではないから別にいいけどな。これも親父なりのプロ意識なのだろうし。

「ていうか最近、よく海外行くな？」

もともと、オファーさえあれば世界各地どこへでも飛んでいけるように、と、日本一のメジャー団体からの所属契約を断ってまでフリーランスを選んだ親父だ。だから、日本以外での試合が多くなるのは、別に不思議なことじゃない。

「そりゃ、家のことはおめぇに任せられるようになったからだろ？」

なんでもないことのように、親父は言った。スーツケースの上に座るなよな。スマートにパッキングすること諦めやがって。

「紡希のことは？」

試しに聞いてみる。

「おめぇなら大丈夫だろ。結愛《ゆあ》ちゃんもいるしよ」

返ってきた答えは予想通りのものだ。俺は別に、親父が家を空けることで、紡希との関わりが減ることを咎《とが》めたいわけじゃない。

親父は仕事をして生活のために稼ぎ、俺は学生として勉強に徹しつつ、紡希の面倒を見る。

紡希が我が家の人間になると決まった時、俺も親父も互いに同意した上で、この役割分担を決めた。

だから今更、親父が海外での仕事を増やそうが構わないはずだった。

……ただ、彩夏《あやか》さんが亡《な》くなって以降は、海外の団体に参戦する機会が特に増えたことが気になっていた。

「……おめぇの言いたいことはわかってるよ、心配かけてすまねぇな」

親父の無駄にデカい手のひらが、俺の頭をわしゃわしゃと撫《な》でる。

「恥ずかしいな、やめろよ」

俺は、親父の手のひらを頭を振って避《よ》けた。

長身の親父からすれば、中背の俺はいつまでも小さい頃から変わらないのだろう。

「オレも最近、こうテーマっつうの？　それを見失ってるトコがあんだよ」

親父は言った。

「闘うためのテーマが、もうここにはない気がするんだよな」

俺は、親父と違って闘争心が旺盛で血気盛んな闘う男ではないから、上手《うま》く共感できないことが多々ある。

この時ばかりは、親父の言いたいことがわかる気がした。

親父は、ついこの前に行われた武道館での大きな大会で、シングルのヘビー級タイトルに挑戦して、敗れた。

相手は、プロレスラーが一番肉体的にも精神的にも充実してピークに入っていく三十代に差し掛かったばかりの、団体もファンも期待しているエース格の選手だった。

四十代も半ばになり、慢性的に故障持ちになっている親父の勝率は下がりつつあった。

その気になれば生涯現役でいられるプロレスラーだが、いつまでも強い存在でいられるわけではない。

いくら根強い人気があろうが、ベテラン頼みでは団体のためにならず、業界のためにもならないからな。

今後、親父よりも若くて、動けて、見た目が良くて、お客を呼べる選手が団体の顔として取って代わるかもしれない。

親父は目立ちたがり屋で、自分が一番と思っていて、いつでもスポットライトを浴びていたいと考えているタイプだ。だからこそ、たとえどれだけ精神的に堪《こた》える出来事があろうが妥協せずにトレーニングに励んだり試合に挑んだりするから、自分が主役でなくなる時が来ることを許せないのかもしれない。

いつまでもその考えでは業界で生き残っていけないとわかっているからこそ、リングに立ち続けるための今までとは違う動機を探しているのだろう。

それとは別に……やっぱり、彩夏さんのこともあるのかもしれない。

一時期の親父は、自分が歴史的な試合をしまくれば、それを見た彩夏が元気になる、と念じながらリングに上がっていて、どこか病的なところがあったからな。

それほど大きな動機を失ってしまったのだ。

何かしら別の目標を見つけることなく、気の抜けた試合ばかりするようになってしまえば、親父は今まで築き上げた地位から転げ落ちてしまうわけで、親父なりに必死なのだ。

そういう感を全然出さないのが親父らしいけどな。

「じゃあ、アメリカとか、海外には、その闘うためのテーマとやらはあるのかよ？」

俺は意地悪な質問をした。

「わかんねぇ。あるかもしれねぇし、ないかもしれねぇ」

「どっちなんだ？」

「知るかよ。わからねぇから行くんだよ。迷わず行けよ、行けばわかるさってヤツだよ」

てっきり俺は、親父はもう答えを見つけていて、だから海外へ行っているのかと思っていた。いや、そう期待していた。親子ながら俺とはまったく違う、この色々な意味で巨大な男が、ただただ転落していくところを見たくはなかったのだ。

「相変わらず親父はノリで行動するよな」

「バカ、おめぇもオレを見習え」

親父は言った。

「おめぇは頭でっかちだからな。勉強できるのはいいけどよ、そういうムダに賢いトコがおめぇ自身の首を絞めることだってあるんだぞ？」

反論できなかった。

あれこれ考えてしまうせいで思い切りが悪いのは、俺だって気にしていることではあるから。

「おめぇも迷ったら、まず動け。それが大事なモンのためなら、なおさらだ。おめぇのタイミングにこだわってたら、今の自分以上のことなんて何もできなくなるんだからな。いくらおめぇだって、今の自分が最終進化系とか考えちゃいねぇだろ？」

「俺をどれだけ傲慢と思ってるんだよ」

その時俺は、大事なモンのはずの紡希よりも前に結愛のことが頭に浮かんでしまった。

いや結愛はいいヤツだけど、どうして紡希より前に来るんだよ。

たぶんこれは、結愛がグイグイ来るヤツだからだろうな。それがこんなところでも出ているだけだ。決して俺が、結愛を何より大事な人扱いしているわけではあるまい。だってなんかそこを認めるの、恥ずかしいだろ。

「じゃあ、見つかるまで向こうで頑張っててくれよ。うちのことは、どうにかなるから」

恥ずかしさを吹き飛ばしてしまいたくて、俺は言った。

「アホか。来月には、たとえ追加でオファーがあろうが戻ってくる」

なんで、と聞き返す前に、親父は言った。

「おめぇを放って、いつまでも外国をうろちょろしてられねぇからな」

この親父は、いつもふざけた言動を繰り返しているくせに、たまに不意打ちを食《く》らわしてくるから油断がならないんだ。

まああれだ、見方によっては感動的なシーンなんだろうさ。

「半裸のおっさんに言われてもなぁ……」

あんまり綺麗《きれい》な絵面《えづら》じゃなかったから、泣けやしない。

「バカ。半裸が俺たちのプロレスラーの正装だ。ん？　じゃあこの格好で出発しても問題なくねぇか？　サラリーマンがスーツ着て外出するのと同じだもんな！　これでパッキングなんて面倒なことしなくて済むぜ！」

いまだ口が閉じないスーツケースから着替えをポイポイ放り出そうとする親父《おやじ》を止めることに必死になったせいで、感傷的な気持ちなんて吹き飛んでしまうのだった。

◆2【昼休みの尊い空間】

親父が長期間の海外遠征へ出発した翌日。

この日の昼休みは、屋上を利用していた。

結愛と一緒に来ることが多いこの場所だが、今日はもう一人いた。

桜咲《おうさき》である。

フェンス前にある縁《へり》に腰掛ける俺を挟み込むかたちで、結愛と桜咲が座っている。

「ねー、慎治《しんじ》。これ昨日の残りなんだけどさ、手作りだし味が染《し》みてておいしいから食べてみてよ」

一緒にいるのは、親友である桜咲なので、もちろん結愛は嫌な顔をすることなく、いつもどおりに接してくる。自分の弁当からハンバーグを箸でつまんで、俺の口元へ持ってこようとしていた。

結愛から餌付け……もとい、あーん、されることはそれほど珍しくなっていたので、口を開けることもやぶさかではないのだが、隣が気になった。

『結愛っちから食べ物をもらうなんてご褒美《ほうび》、瑠海《るみ》が許さないんだから！　処す！』

とか。

『あんた早く口開けなさいよ。なにもったいぶってんの、名雲くんのくせに』

とか。

『名雲くんが食べるより先に瑠海が食べる！　結愛っちの手ごねハンバーグを通して瑠海も結愛っちの一部になるの！』

などと、いつものマッドドッグなノリを出してくれるのなら、俺も反応のしようがあったのだが。

桜咲は、獰猛《どうもう》なところを見せることなく、そわそわした様子で落ち着きがなかった。

俺は桜咲を熟知しているわけではないが、ここ最近の態度から察するに、プロレストークをしたいのだろう。桜咲が俺にくっついてくる理由なんて、それくらいのものだ。

だが、結愛がいる手前、それもできない。

だからといって、結愛を疎《うと》ましがるようなことをしないのが、桜咲が桜咲である所以《ゆえん》である。

「瑠海もいる？」

そこは結愛のことなので、いつもとの違いを感じ取ったらしく、桜咲に話を向けた。

「……いる」

「いるのか」

俺は言った。

「結愛っちからの施しなんて、もらうに決まってるでしょ」

桜咲は、まったく躊躇《ためら》うことなく結愛から、あーん、をしてもらう。俺の目の前でイチャついてんなぁ。ああ、この感じ、この前百花《ももか》ちゃんが描いてたマンガの雰囲気と同じだ。

尊いなぁ。

「おい桜咲さん、その箸……」

見過ごせないことがあって、俺は言った。

「はいはい、名雲くんとの間接キスでしょ」

どうということはない様子で、桜咲は言った。

まあ、桜咲の俺に対する態度なんて、こんなもんだ。人を人と思っていないのだろう。

「へー、瑠海、珍しいじゃん」

ニヤニヤしている結愛が気になった。

「瑠海って、『間接キスとかないわ〜、回し飲みもないわ〜、男子が口つけたものに口つけたくないし』って前言ってたんだよね〜」

「なっ！」

桜咲の頬が紅潮する。

「それだけ慎治に気を許してるってことだよね？」

普段俺に向けられているからかいの表情が、今は桜咲に向けられていた。

「やっぱり、瑠海も慎治のこと好きなの？」

よりによって、厄介事に巻き込まれそうな煽《あお》りをしてくる。

「いや全然」

桜咲から感情が消えていた。

桜咲が大慌てで否定したせいで修羅場っちゃうかも、なんて一瞬でも期待した自分が恥ずかしくなる。

「瑠海の好みの体重じゃないから」

「えっ、体重？」

結愛が聞き返す。

「ち、違うってば。身長って言おうとして間違えたの！　瑠海はもっと背が高い人が好きだから～」

なんでそこで動揺するんだよ。いや、ヘビー級の体格を好む桜咲としては、自分のプロレス趣味がバレるかもしれないと恐れたからだろうけれど。とりあえず俺のことはまったくもって恋愛対象外らしいな。

「だいたい、名雲くんは結愛っちの彼氏でしょ！」

「瑠海……やっと慎治のこと認めてくれたんだね！」

結愛は今にも抱きつきそうな勢いだった。

「認めてないよ」

桜咲は、俺に対して思い切り舌を出した。

「……でも、名雲くんは結愛っちに好き勝手告白する男子とは違う気がするし、そういうところはちょっとだけ認めてあげてもいいかも」

「やったね、慎治。これで瑠海の前でもイチャつけるよ！」

「イチャつくのはナシ……！」

桜咲は、今にも白目になりそうなくらい鬼の如《ごと》き形相をしながら、俺の腕を曲がらない方向に伸ばそうとしていた。

いくら俺を意識していないとはいえ、目の前でカップルがイチャコラしているところを見ていて楽しい人間なんていないからな。

「だって瑠海がいる時は、瑠海にかまってほしいから！」

「かまうかまう〜」

結愛は、桜咲の隣へと移動する。

綺麗な顔立ちの女子二人がイチャつき始める。尊い。

俺より桜咲を優先させたことに一瞬の寂しさを覚えるものの、たまにはこういうのもいいか、という気分になった俺は、のどかな昼下がりの休憩時間に、体と同時に心への栄養を摂取することに成功したのだった。

◆3【真名と新たなる賑わい】

放課後、平日ながら百花ちゃんが遊びに来た。

この日、俺は結愛の勉強を見るつもりだったのだが、あいにく結愛は教室のギャルグループで集まって勉強する予定があるらしい。仲間内で赤点を回避するために知識の共有をしようというのだろう。どんなかたちであれ、勉強をしてくれるのなら俺としては言うことはない。

階下で女子中学生組が楽しそうにしていると、一人で試験勉強をするなんて慣れっこのはずなのに、どことなく寂しさを感じてしまう。

この日は百花ちゃんの姉が迎えに来てくれるそうで、この前より長い時間紡希と遊んでいた。

百花ちゃんが帰る時間になると、俺も庭まで一緒についていって見送ることにする。もうすっかり暗くなっているからな。一応、男手があった方がいいだろう。

百花ちゃんの姉は、もう近くまで来ているらしい。家の前を通りかかればすぐわかるように、俺たちは庭で待っていた。

夏休みになったらここに集まって花火とかやりたいよね、なんて微笑《ほほえ》ましい提案が、女子中学生組から出てくる。うちの庭は広いから、花火をするくらいなら余裕だ。なんだったらバーベキューだってできるぞ。

百花ちゃんは、この日もタブレットPCを持ってきていた。今もペンをぐりぐりとディスプレイの上に走らせている。

「百花ちゃんは本当に絵を描くのが好きなんだな。昔から描いてたの？」

俺は言った。

「始めたのは、わりと最近なんですよ。私、ずっと自分には絵なんて描けないって思ってて」

百花ちゃんが言う。

「でも、お姉ちゃんに言われて始めたら、自分で思ってたより好きに思えて、長続きしてるんですよね」

「百花ったら、すごいのよ。フォロワー数20万人超えのアカウントを持っているのだから」

紡希が言った。まるで自分のことのように胸を張っている。

紡希から言われて、シイッターを開いて百花ちゃんのプロフィール欄を見ると、確かにたくさんのフォロワーがついていた。以前紡希がアカウントをつくった時、プロフィールに【女子中学生です】と書いてある他に内容のあるシイートなんてないのにやたらとフォロワーがついていて、慌てて一旦アカウントを削除するように注意したものだが、その時の数字なんて目じゃないくらい多い。

だが、気になることがあった。

「百花ちゃん、大きなお世話かもだけど、シイッターで本名出すのは……」

「慎治兄さんには言ってなかったっけ？」

紡希が怪訝《けげん》そうにする横で、百花ちゃんが言う。

「あっ、実は、私の名前ってペンネームで」

「ペンネーム？」

「イラストを投稿する時だけ名乗ってたんですけど……つむちゃんが学校でもこっちの名前で呼んできちゃうから、いつの間にか本名よりこっちが定着しちゃって」

「百花は引っ込み思案なところがあるから、有名な方で呼んで自信をつけさせてあげようと思ったのよ」

紡希が答える。

「こんなにフォロワーがいるすごい百花が、控えめにしてたらもったいないから」

いつもの俺だったら、そんな見ず知らずの人間の指先一つで決まった数を自分の評価基準にするんじゃない、と言ってしまっていただろうが、誇らしげな紡希を前にすると、それもアリだなと思えてしまった。SNS上で支持されていることは、中学生からすれば十分すぎるステータスだ。そんな「社会的地位」が高い百花ちゃんがフォローすることで、紡希のクラス内の立場が保たれているところもあるのだろうし。

「でもわたしにとっては百花は百花で、名前がどうだろうと関係ないわ」

紡希は、隣の百花ちゃんの腕に抱きつく。紡希からすれば、どんな呼び名だろうと百花ちゃんそのものを好きなのだろう。

「私も、どんなつむちゃんでも好きだよ」

百花ちゃんは微笑みで返す。

目の前にいる紡希が、背伸びをした姿であることを知っている百花ちゃんの発言なだけに、俺も安堵《あんど》してしまう。百花ちゃんの前でなら、今後紡希も自分が一番落ち着く姿でいられるようになるかもしれない。

「変な百花。わたしはイラストなんて描けないのだから、わたし以外になりようがないわ」

百花ちゃんの意図にまったく気づく様子を見せない紡希は、のんきにぷふっと吹き出した。

大人ぶった紡希より自然体な百花ちゃんの方がずっと大人だ。下手したら俺より落ち着きと包容力があるぞ。もし俺が似たような状況だったら、秘密を隠していたことに動揺してその後の付き合いに影響しかねないからな。

紡希にいい友達がいてよかった。

紡希が学校でボロを出さないのは、紛れもなく百花ちゃんの働きによるものだ。感謝の証《あかし》として、今後、我が家に来るたびに何かしらお土産を持たせることにしよう。

「そっか、ペンネームだったのか……」

じゃあ本名はなんていうのだろう、と疑問に思っていると。

「私が絵描き始めたの、お姉ちゃんのプロレス好きがキッカケなんですよね」

嬉《うれ》しそうに、百花ちゃんが俺に教えてくれる。

ここで俺は、ん？　って思ったよ。

「お姉ちゃん、好きなプロレスラーの人がいるみたいで」

百花ちゃんはスマホを取り出して、何やら操作をしたあと、画面をこちらに見せてくる。

「自分はイラストが描けないから代わりに描いてって言われて、それで始めたんです。こういうの、ファンアートっていうんですけど」

百花ちゃんが見せてくれたシイッターの画面には、色々な人がそれぞれのタッチで描いた、イラスト化されたプロレスラーの姿があった。アメコミ調からレトロゲー風ドットキャラやら、どういうわけか少女漫画風のものまであって、バラエティに富んでいた。まさかこんな世界が広がっているとは、ＳＮＳに弱い俺は知らなかった。

「お姉ちゃんが好きなプロレスラーの人、名雲弘樹さんっていうんですけど。私がこういうイラストをシイッターに上げていれば、そのうち名雲選手が見つけてくれて、アカウントに返信が来たら名雲選手と繋《つな》がれるかもしれないってお姉ちゃんが言ってたので、今まで続けてきたんです」

妹をダシにして推しと繋がるゲス行為をしそうなギャルの顔が頭に浮かぶのだが、それでも俺は別人と信じようとしていた。こんな素晴らしい人格を持った百花ちゃんと血が繋がっているとは考えたくなかったからだ。

さっきは百花ちゃんのアカウントのプロフィール欄くらいしか見ていなかったが、シイートを辿《たど》っていくと、本来百花ちゃんが描きたいのであろう可愛《かわい》らしいイラストの途中でサブリミナルのごとく親父《おやじ》のイラストが現れる。少年漫画風でも浮いてんなぁ、親父。百花ちゃんのフォロワーは、どうして時折こんなものを描き出すのかわからなかっただろうな。

「でも、なかなか名雲選手って、グッドをくれたりリシイートしたりしてくれないんですよね」

それは親父が機械オンチだからで、シイッターの使い方をいまだによくわかっていないからだろうな。もし親父が、自分のファンが自分の姿を描いたと知ったら、堂々とリシイートで取り上げて自慢するだろうから。

「お姉ちゃんの考えた通りにはいかなかったんですけど、おかげで私は趣味ができて、イラストを描くだけで楽しかったし、みんなに褒めてもらえて自信にもなったから、お姉ちゃんには感謝してるんです。このタブレットPCもお姉ちゃんが買ってくれたんですよ」

百花ちゃんは、嬉しそうにタブレットPCを抱きしめる。

どこぞのゲスなプオタ姉の理由はどうあれ、結果的には百花ちゃんのためになっているということか。

「じゃあ、本当の名字は『桜咲』だね？」

そう訊《たず》ねると、百花ちゃんは不思議そうに首を傾《かし》げる。

「どうして私の名字を――」

知っているんですか、と言いかけた時だった。

「――萌花《もか》？」

誰かを呼ぶような声が、門の向こうから飛んでくる。

まるでスポットライトが当たったみたいに、外灯に照らされた人影があった。

ピンク色の髪をした、見覚えのあるツインテールがそこにいて、びっくりした顔でこちらを見ている。

俺は何の驚きもないけどな。

やっぱりあいつか、って思っただけで。

「お姉ちゃん！」

喜びの色がふんだんに含まれた声を上げたのは、百花ちゃんだった。

なるほど、百花じゃなくて、萌花なのか。

「百花の本名は、桜咲萌花っていうのよ」

紡希が解答を教えてくれた。

「ていうか、名雲くんがなんでここにいるの？」

百花ちゃんが絵描きになった事情を聞いて想像した通り、百花ちゃんを迎えに来たのは、制服姿の桜咲瑠海だった。

今日は結愛と一緒に勉強会をしていたらしいから、その帰りに来たのだろう。

「俺の家だからだよ」

怪訝そうな顔で寄ってきた桜咲に、俺は言った。

「ふーん、そうなの。どうりでなんか聞いたことある名前の家だと思ったら」

「名字で俺の家だって気づかなかったのか？」

「だって、すごい方の名雲に、しょっぱい方の名雲くんっていう二人も『名雲』がいるんだもん。これなら別人の三人目もいたっておかしくないって思うでしょ」

「疑う余地なく正しい論理展開だ」

あえて俺は強く言い切ることにした。

桜咲がこの調子なら、俺が密《ひそ》かに危惧していた、『名雲家』という情報から俺が名雲弘樹の息子と推測されてしまう危険を避けられそうだからな。

「な、なんなの名雲くんのくせに。褒めたって別に何もしてあげないんだから」

別に褒めたつもりはないのだが。桜咲は、腕を組んでぷいっと顔をそらしてしまう。

「てか名雲くん家《ち》、でかっ！　一軒って言うには大きすぎるし、二軒って言ったら辻褄《つじつま》が合わなくなるレベルじゃん！」

顔をそらした先にある俺の家を凝視する桜咲が言った。

「金の雨を降らせるために悪いことをしてるニオイがぷんぷんするぜ……！」

好き勝手言ってくれているが、否定はできなかった。親父は悪役として名を馳《は》せた時期も長いからな。

「瑠海～、なんか急に名雲くんがカッコよく見えてきちゃった～」

「金のニオイに弱すぎだろ……」

あと猫なで声やめろ。女子が苦手で有名な名雲くんが困ってる。

女子中学生組も、「二人は知り合いなの？」とばかりに首を傾げていた。

「桜咲さんは俺のクラスメートなんだ。ちょっとだけ話すことがあるから、二人はあっちの方でもう少しだけお話ししててくれない？」

桜咲は調子に乗ると、こちらの状況がマズくなりそうなことをぶっこんでくるからな。

俺は中学生組から引き離すように桜咲を玄関近くまで連れてくる。

「ここは俺じゃなくて親が建てた家だから。これを俺のステータスと思うなよな」

恥ずかしいことに、ほんの少しだけ、持ち家の存在が桜咲の査定に影響することを期待してしまっていた。

「真面目か」

見通しが甘いんだよ、とでも言いたげな顔で、桜咲から冷静にツッコまれてしまう。

「瑠海はお金目当てで男選びしないし。どっちかというと、体目当てかなぁ」

「180センチ超えで100キロ超えのヘビー級の男がいいのか？」

「ていうか、ぶっちゃけプロレスラーと付き合いてぇです……へへへ」

笑顔がゲスになる桜咲。こりゃいやらしいこと考えてんなぁ。

「難しいところに行こうとするな……プロレスラーなんてたいていは食えないんだぞ？」

うちの親父は大きな成功を収めたものの、朝日プロレスを始めとするいくつかのメジャー団体を除けば、たいていのプロレスラーはプロレス一本では食えないのが現状らしい。

ていうか日本には専門誌でも把握しきれないレベルで数多《あまた》のプロレス団体が存在するらしいから、そりゃプロレスラーでひとくくりにすれば食えない人の方が多いよなって話。

「知ってるし。でもほら、その時は瑠海が体で稼げばいいんだよ。なぁに、瑠海は可愛いからね、声にも自信あるし！　どうにかなる！」

本気の顔で、バシン、と胸を叩《たた》いて誇らしげな桜咲。

彼氏を食わせるために夜の世界に飛び込もうとする価値観は、俺にとって未知の領域なわけで、びびってたじろいでしまったって仕方がないよな。

「桜咲さん、よく考えろよ、大変な世界と聞くからな、風ぞ「だから声優になろうかと思って！」

俺と桜咲の声が互いにぶつかり合って相殺《そうさい》された。

「今、なんて？」

「名雲くんこそ、なんて？」

お？　なんて言った？　お？　などとお互いに言い合いながら、向かいから来る人を避《よ》けようとしたら同じ方向へ動いてしまった人同士みたいに左右にゆらゆら揺れ合う。

「……そこでどうして声優なんだ？」

俺は訊ねる。

「だって、プロレスラーは巡業で移動の最中とかオフ期間に体を休める時にゲームとかソシャゲとかアニメを楽しんじゃう人けっこういるじゃん？」

ＳＮＳでレスラー一人ひとりのプライベートを覗《のぞ》きやすくなっている昨今、強面揃《こわもてぞろ》いのヒールユニットに所属している選手でも、オタクコンテンツにどっぷり浸《つ》かっているところを投稿していたりするからな。うちの親父は古い人間で、その手のコンテンツにはあまり興味を示さないが、それでも特撮とキン◯マンは大好きで、保管庫にはその手のフィギュアだけを陳列するためのコーナーがあるくらいだ。

本気かどうか知らないが、桜咲が将来何になりたいのか、その一端が垣間見《かいまみ》えた気がした。

これから桜咲が本気で養成所に通って事務所所属になって無事にデビューを果たして人気が出たとして、高校時代はギャルだったことがネット上でバレて騒ぎにならないことを祈るばかりだ。まあ桜咲の場合、その辺上手《うま》くやって声優ながらプロレス好きが高じてリングに上がってしまうという斜め上の未来すらありえそうだが。

「ていうかー、名雲くんの家って学校からけっこう近いんじゃん」

悪巧みをしていそうな顔をしながら、桜咲が言った。

「なんだよ？」

「なんでも」

ニヤニヤした笑みを消さないまま、桜咲は背中を向ける。

「萌花〜！　早く帰るよ！　あんまり遅くなるとママがうるさいんだから」

桜咲は、門の近くで紡希と話していた百花ちゃんのところへさっさと向かってしまう。

「……これはマズいことになったのでは？」

自宅を知られてしまった。とても嫌な予感がする。

すっきりしないまま桜咲姉妹を見送った後、隣に立っていた紡希が俺を見上げた。

「シンにぃ、百花のお姉ちゃんと仲良かったんだね」

「ああ。席が隣だから、たまに話すだけだけどな」

「シンにぃ、女子が苦手なのに？」

「まあ、偶然共通する趣味があってな」

プロレス好きなことは黙っておこう。もしかしたら紡希も百花ちゃんを通して耳にしているのかもしれないが、俺からペラペラ話すようなことはしないぞ。俺のこういう義理堅い部分も査定にプラスしてくれるといいんだけど。

「ふーん、そーなんだ。ふーん」

「なんだよ？」

「べつにー」

紡希は俺の腰に抱きつくと、腕を引っ掛けたままぐるんぐるん俺の周りを回った。

「心配しなくても、紡希の義兄はどこにもいかないぞ?」

こりゃ寂しがっているな、と判断した俺は、調子に乗ってしまう。

「慎治兄さん、気持ちが悪いわ」

冗談っぽく聞こえないから、そっちモードで言うのはやめてくれねぇかな……。

◆4【初めてのガチ】

その翌日の放課後のことだ。

恐れていた事態が起きてしまった。

「へー、家の中も広いね」

桜咲が我が物顔で俺の家の廊下を歩いている。

「じろじろ見るのはいいけど、勝手に部屋に入るなよな」

俺の父親が名雲弘樹とバレたらマズいからな。

「それくらいの常識、あるに決まってるじゃん」

力強く言い切る桜咲だが、その目は好奇心まみれで、いつふらっとどの部屋へ消えるのかわからない危うさがあった。

桜咲は、俺の家を知ったのをいいことに、わざわざこの日、俺とプロレストークをするためだけに押しかけてきたのだ。

今日、結愛が来る予定はない。少なくとも、夕方の間はうちに来ないことは確定している。

どうも結愛の周りのギャル仲間は勉強の進み具合が悪いらしく、そちらの用事を優先させたからだ。仲間思いなことである。

桜咲は結愛が不在なことを承知で、この時間にうちに押しかけてきたのだ。結愛がいなければ、趣味バレのリスクを恐れることなく心ゆくまでプロレストークができるからな。

ていうかこいつは、試験よりプロレスを優先させるほど余裕があるのか？

俺としても呑気《のんき》に構えていられず、まるで結愛がいない隙に別の女子と密会しているようで、ほのかな背徳感があった。

紡希は俺より先に帰ってきていたようだ。玄関に靴があったからな。

せめてこの後ろ暗さを多少なりとも解消するべく、桜咲と一緒にいることを紡希に伝えなければ。

「桜咲さん、ちょっとここで待っててくれ」

俺は、桜咲が余計な部屋に行ってしまわないように、リビングに封印することにする。

百花ちゃんが来た時用に買いだめしておいたお菓子とジュースをテーブルに広げて、桜咲の注意をここ以外のどこにも向けさせないようにした。

俺は一旦二階へと上がり、ただいま、と紡希に声を掛ける。

「シンにぃ……なんか女の人の声がしない？」

部屋にいた紡希が、怪訝《けげん》そうにする。

「ああ、桜咲さんだよ。百花ちゃんのお姉ちゃん」

心配することはないだろ、というつもりで、俺は言った。

「この前会っただろ？　あの頭ピンク色のヤベー奴《やつ》。俺たちは下で話してるから、なんかあったら呼んでくれ。なんだったら混ざったっていいぞ」

親友の姉とはいえ、相手は高校生だから、話には混ざりにくいだろうけれど、来たいなら来ればいいと考えていた。

桜咲が趣味バレを警戒しているのはあくまで結愛相手だけだ。桜咲からすれば、紡希にならプロレスの話をしているところを見られようが平気だろう。なんだったら、桜咲の趣味のことは結愛には秘密な、と紡希に言い含めておくこともできる。

そして俺は、リビングへ戻る。

桜咲は、テーブルに広がるお菓子の山に満足している顔をして、ソファに腰掛けていた。愚民から献上物を受け取った王様気取りだ。まあ俺はお客とあればもてなす主義ではあるが。

「名雲くんとは、この前の名雲の試合のことで話したかったんだよねー」

親父《おやじ》がシングルのベルトに挑戦して負けた試合のことを話そうというのだろう。桜咲は、あの試合に関してはずいぶん不満そうにしていたからな。言いたいことは色々溜《た》まってそうだ。

「ていうか、家だけじゃなくてテレビもデカいんだけど」

桜咲がテレビを指差す。

「もういいだろ、俺の家のことでいちいち驚くのは……」

この家の中のもののすべてが、俺の能力で手に入れたものではないわけで、照れくさくなるどころかいたたまれなくなってしまう。

親父が負けることになった武道館での試合を観戦し直すために、朝日プロレスの配信動画サイトを開き、ノートパソコンと接続して大画面テレビで試合を映そうとした時だ。

「待って名雲くん、この格好じゃ試合観《み》られない」

「……どういうことだ？」

学校帰りなので、当然桜咲は制服姿だったのだが。

「ちょっと着替えるから、トイレ貸して」

「いいけど」

桜咲の行動に不審さを覚えながらも、俺はトイレの場所を教える。

着替える、というのは建前で、たんにトイレに行きたかっただけなのでは、と、桜咲にも直接的な表現を避ける奥ゆかしい部分があるという仮説を立てていると。

「おまたせ」

「気合入りすぎだろ」

ちょっとでも期待した俺がバカだった。

「これが瑠海の観戦スタイルだから！」

胸を張る桜咲は、傍《はた》から見るとちょっとどうかしている格好をしていた。

アメコミ調のタッチで描かれた親父のTシャツを着ているのは当然のこと、親父のネームが入ったタオルを首に掛け、肩には親父をデフォルメしたちっちゃいマスコットが乗っかっていて、親父のコスチュームと同じ色である赤と黒のカラーリングをした鳴り物を手にしていた。

制服姿のままだから下はスカートなのだが……スカートから微妙にはみ出てるそれ、親父のコスチュームを模したボクサーパンツでは？　プ女子として越えちゃいけないライン越えてない？

まあ、以前K楽園での試合配信に映り込んでいた時も似たような格好をしていたからな、流石《さすが》にパンツまでは見えなかったけどさ。

「桜咲さんみたいな狂信者がいて、名雲弘樹も幸せだろうな」

「そうでしょ！　瑠海は世界一の名雲推しだから！」

俺の皮肉もなんのその、桜咲は万の男の心を動かしそうな目映《まばゆ》いばかりの笑みを浮かべる。うっかり俺の心も動きそうになったよ。親父のコスチュームパンツさえチラチラ見えていなかったらな。

「名雲グッズを身に着けて、瑠海と名雲の魂が一体になった状態で応援する！　そうすればリングの名雲にパワーが送られて、どんな試合でも、勝てる！」

なんか胡散臭《うさんくさ》いパワーストーンにハマったヤツみたいになってんよ。

桜咲よ、お前、俺の家がデカいことを褒めてくれたよな？

俺がいい暮らしができるのは、お前みたいなモンが重課金してくれるおかげなんだよな、グッズ買ってくれたおかげでロイヤリティがチャリンチャリンなんだわ。

この攻撃的アイドルも我が家が潤うための一部として考えると、なかなか業《ごう》の深いことだな、と思いながら俺は試合を映す画面に集中する。

まあ、桜咲には悪いが、どう見直そうとも過去の結果は変わらないわけで。

「この、名雲の魂との合一を果たした姿で試合を見れば、結果だって変わる！」

なにこの人。なんか怖いこと言い始めたんだけど……。

「諦めろ。名雲弘樹は負けたんだ」

「結果は変わる！」

「名雲弘樹は今頃アメリカで試合してるぞ。この負け試合はとっくに過去だ」

「信じていれば、結果は変わる！」

「あのさぁ……」

「貴様〜、ファンのくせに名雲の勝利を信じられないのかぁ〜！」

「やめろ、コブラクラッチするな……」

親父が得意とする関節技を極《き》めて俺をぐいぐい揺らしてくる。思ったよりずっとガッチリ極まっていて俺は戦慄したよね。

「わかった、わかった。勝つことを信じて応援するから……」

「参ったと思ったらタップ！」

「はいはい……」

俺は力なく桜咲の腕を叩《たた》く。

「ふん！　最近の名雲の勝率が悪いのは、名雲くんみたいなたるんだファンのせいなんだからね！　ちゃんと魂込めて応援してよ！」

色々言いたいことはあるものの、下手なことを言えばまた関節技を極められそうだったので、黙っているしかなかった。俺は暴力を前にサブミットしてしまったわけだ。

そうして試合の様子を観ながら、あれこれ議論をし、60分一本勝負の試合ができる程度時間が経《た》った頃。

玄関から慌ただしい物音が聞こえてきた。

俺が桜咲とプロレストークをしているうちに、紡希がどこかへ出かけたのだろうか？

「ほら、あそこに女の人の靴があったでしょ！　早く早く！」

リビングに顔を出した紡希は血相を変えていた。

そんな紡希に引っ張られて、もう一人の人影が姿を現す。

本来ならまだギャルグループと一緒に勉強会をしているはずの、高良井《たからい》結愛だった。

「わ。やっぱり浮気《うわき》現場だ！」

紡希は両手で目を覆い隠すのだが、そんなことはどうだってよかった。

浮気要素ゼロだし。交わしたのは性じゃなくてプオタトークだ。疑われるような色っぽい雰囲気になんてなっていないからな。お菓子を食い散らかしながら半裸のおっさんについて熱く語っていただけだから。

浮気疑惑なんぞ、ちょっと説明すれば誤解だとわかる。

だが、ちょっと説明する程度では済まない問題が横たわっていた。

今、大画面のテレビに映っているのは、紛れもなくプロレスの試合である。

その程度ならまだ誤魔化せたものの、うっかりいつもの調子で、狂信者スタイルで観戦していた桜咲のことは、どう頑張っても誤魔化しようがない。

この格好で、『いや自分プロレスちっとも興味ないんで』なんて言っても、信じてくれるわけがない。

俺の隣には、結愛を見つめ、青ざめた顔の桜咲がいたのだった。

★

我が家のリビングの雰囲気が、今日ほど重くなった日はない。

親父の試合を映していたテレビは消えていて、無音のリビングには、テーブルを挟んで向かい合う結愛と桜咲の姿があった。

「シンにぃと一緒に女の人が、裸の人が映った動画を二人きりで観ていた……何も起きていないはずがなく……」

「何も起きてないから。これ以上ややこしくなりそうなことを言うんじゃない」

俺は、紡希の口をふさぐ。

俺と紡希は、キッチンからリビングの状況を見守っていた。

『ここは私にまかせて』

と、結愛に言われてしまったら、俺が入り込む余地はない。

だってあの二人は、親友なのだから。

「ていうか紡希、どうして結愛を連れてきちゃったんだ?」

紡希が結愛を連れてこなければ、桜咲だってこんな状況には追い込まれなかったのに。

「だって、シンにぃがクラスメート連れてきたっていうから、男の人かと思ったら……百花のお姉ちゃんなんだもん」

紡希は拗《す》ねながらも、俺を責めた。

「この前だって、わたしと百花を放って二人でイチャコラしてたから、これは怪しいって思って」

確かに、この前、桜咲の余計な発言が女子中学生組に悪影響を与えないように隔離してはいたが……それをまさかイチャつきと捉えるとは。

「百花のお姉ちゃんが百花を迎えに来た日、結愛さんに電話したの。『シンにぃが結愛さんを放って浮気してる！』って」

「疑惑の段階で確定事項みたいに報じるんじゃないよ」

「それで、いつでも浮気現場を捕まえられるように待ち構えてたら、今日百花のお姉ちゃんを連れてきて……だからわたしはすぐ結愛さんに電話して、ここまで来てもらったの」

「結愛は今日、用事があったはずだが……」

「シンにぃの学校の近くにあるファミレスにいたみたいだから、すぐ来てくれたよ」

結愛は、そのファミレスでギャルグループの勉強会をしていたのだろう。赤点を回避する、という小さい目標ながら、大事な目的のために集った同志達を放り出すようなことをさせてしまったのだ。後で謝らないといけないな。

紡希の勘違いを責める気はなかった。

俺の認識が甘すぎたのだ。

相手は面識があって、親友の姉である桜咲なのだから、万が一鉢合わせたところで変な勘違いをすることはあるまい、と思い込んでいた。

だが、俺からすれば勝手知ったるクラスメートのプオタでも、紡希からすれば、親友の姉とはいえ一度会っただけの女子高生だ。俺のことを、プロレスの話ができるだけのサンドバッグ、としか思っていないだなんて知るわけがない。

「……結愛は、何か言っていたか？」

「『その子、瑠海っていって私の親友だから、慎治とそんな変なことにはなってないよ』って」

たぶん、過剰に心配していた紡希を慰める意味もあったのだろうから、必ずしも結愛がまったく疑っていないとは言い切れなそうだ。

「紡希、心配させてごめんな。ちゃんと伝えておくべきだった」

俺はなんて迂闊《うかつ》なのだろう。変に慣れた結果が、これだ。

紡希は、俺がぼっちなことを心配していた。母親を亡《な》くして間もない頃であっても、俺を気にかけてくれていた。

ぼっちな義兄と仲良くしてくれて、自分の憧れでもある結愛が、俺の「浮気」のせいで名雲家に来なくなってしまうかもしれない、と本当に心配していたのだろう。

「シンにぃ、ほんとのほんとに浮気じゃないの？　結愛さんのこと、嫌いになったり飽きたりしちゃったわけじゃないよね？」

「当たり前だ」

結愛を嫌う理由なんてどこにもないからな。飽きるなんてもってのほかだ。恐れ多いわ。

「そっかぁ。よかった」

微笑《ほほえ》む紡希。俺への疑念は晴れたようだ。

だが、もちろんこれで一件落着ではない。

「結愛っち、これは……」

結愛と向かい合う桜咲の声は震えていた。

見ているこっちの方が痛々しくなるくらいだ。

桜咲だって、いずれは親友の結愛に対して、自分が大好きなもののことを打ち明けていたはずだ。

けれど、心の準備が十分に整っていない状態で、不意打ち同然で結愛と向き合わないといけなくなってしまったのは、俺の不注意のせいだ。

責任を取る意味でも桜咲の味方をしてやりたいのだが……俺が介入したとして、桜咲は今後も、結愛とこれまで通り仲良しでいられるだろうか？　桜咲自身が、自分が納得するかたちで解決しなければ、わだかまりが残ってしまうんじゃないか？　そんな心配をしていた。

俺は桜咲の過去を知らない。去年のことすら知らない。高校二年生で同じクラスになって、初めて関わるようになったクラスメートだから。

過去に趣味を打ち明けて散々な目に遭って、だからこそ親友相手でも言い出せなくなっている。そういうことだってあるだろう。

ただ自分の好きなことを口にすればいい。

ただそれだけの問題であると同時に、ただそれだけの問題ではないのだ。

止まってしまった桜咲の代わりに、言葉を続けたのは結愛だった。

「私さー」

結愛は何気ない仕草で、テーブルの上に残ったままになっていたお菓子から、一つの箱を手に取った。

棒状のビスケットにチョコレートをコーティングした定番のお菓子だ。

「昔、これの食べ方変わってるって言われたことがあって」

結愛は、箱の中の袋からお菓子を一本取り出した。

「私は一回で食べちゃわないんだよね。一回目はこうして」

結愛は、コーティングしているチョコレートだけを舐《な》め取ろうとする。

「二回目になってやっとかじりつくの」

そして、残ったビスケットの部分をポリポリと口に収めていく。

「私、こどもの頃はお菓子食べるってだけで親から厳しく言われてたから。こういうのなかなか食べれなかったんだよね。だから、滅多に食べれない大事なお菓子を、二回分味わってお得な気分になろうとしてたっていうか。めっちゃ行儀悪いけどね」

笑いながら、結愛が言った。

どうやら結愛の両親は、しつけに厳しかったらしい。

結愛が言うところの、不仲な両親だ。

「小学校の二年生くらいの時だったかなぁ。家の外でこれやっちゃって、変な食べ方〜って周りにバカにされたのずっと気にしててさ。もう誰かいるところでは絶対やんない、って思ってたんだよね。だから誰にも見られないように、こっそりやってた」

けれど結愛は、桜咲がいる前で、それをやった。

「瑠海の前でもやったことなかったでしょ？」

そう言って、結愛はもう一本取り出し、同じような食べ方を始める。

「黙っててごめんね。言おうとしたんだけどさ、昔なんかそういうことがあったなぁって思い出しちゃうと、なかなか言えないんだよねー。瑠海がどうこうってわけじゃないんだけどね」

話している結愛のことを、桜咲はじっと見つめていた。

結愛は、桜咲より先に自ら秘密を打ち明けた。

率先して、傷を見せたのだ。

「結愛っち……」

桜咲は、膝の上で握った拳をぷるぷる震わせていて。

「実は……瑠海、プロレスLOVEなのっ！」

桜咲は、キツネみたいにした両手を口元に当てて両腕をバッと広げるパフォーマンスをしたと思ったら、ぬえー、と泣きながら結愛に向かってばく進する。

結愛は、桜咲をしっかりと受け止めた。

「瑠海は、瑠海はぁ、半裸の男たちが汗まみれになりながらくんずほぐれつするところを観《み》るのが大好きなの～！」

「……普通に、『プロレスが好き』だけで済ませるわけにはいかなかったのか？」

「慎治は黙ってて」

桜咲を受け止めながらこちらを振り返った結愛に、唇の前に人差し指を立てて、シッ！と言われてしまう。

「そっかぁ。瑠海は夢中になれるものがあるんだね。私にはそういうのないからうらやましいよ」

結愛は、耳の中で幸せな反響をしそうな優しい声を掛ける。

「結愛っちは……興味ない人から『八百長《やおちょう》裸踊りの組体操』って言われそうなことが趣味でも、うらやましいって思えるの？」

珍しく桜咲が卑屈だった。どういうわけか、俺にもグサッと来てしまう。

「うらやましいよ。夢中になれるっていいことじゃん」

結愛は、にっこり微笑むと。

「それにほら、私って慎治の『彼女』なわけでしょ？　そんなふうにヒドいこと思ってたら、プロレス好きの男子を『彼氏』にするわけないし」

俺は別に、プロレス好きってわけじゃないんだよなぁ、準関係者だからそれなりに知っているってだけで。まあ、言わないけどな。この場に水を差すほど空気が読めないヤツじゃないから。

「そ、そうかも……」

桜咲の瞳には、光が戻りつつあった。

「結愛っちがすんなり理解してくれたのは……名雲くんがプロレスオタクだったおかげってこと……？　じゃあ結愛っちが名雲くんを彼氏にしたことは、瑠海にとってもいいことだった……？」

何もしていない俺の株が上がりそうだぞ。

「ううん、違う違う、名雲くんは関係ない！　結愛っちがいい人だったたってだけ！」

ちょっと期待したのだが、桜咲は首をぶんぶん振って否定する。

「やっぱり瑠海、結愛っちのこと大好き～」

「私も、瑠海のこと好きだよ。好きなことを教えてくれてありがとね」

二人は、友情を再確認するかのように抱きしめ合う。

濃厚な百合《ゆり》空間が形成されて、この場に男子の俺がいるのは、百合の間に挟まる男としてヘイトの対象になるのではとそわそわしてしまう。

とはいえ、友情を再確認した二人を前にして、安堵《あんど》した気持ちにはなっていた。

いつの間にか俺は、桜咲にも情を寄せるようになっていたのだ。

元は紡希の勘違いとはいえ、誰にとっても大満足な結果になるのだった。

◆5　【プロレスラー・名雲弘樹の答えの出し方】

二人の問題が解決すると、俺と紡希も混じってお茶会が始まった。

まともに接するのは初めてな紡希と桜咲だが、桜咲からすれば紡希は、「親友である結愛の年下の友達」で、紡希からすれば桜咲は「憧れの結愛の親友」なので、お互いに「高良井結愛が大好き」という共通項があったおかげで、打ち解けるのも早かった。やっぱ女子ってコミュ力高いわ……。

「結愛っちさー、名雲くんと話してる時にプロレスの話になんない？　もしかして誰か知ってるプロレスラーいる？」

高良井式◯ッキー食いを早速実践しながら、桜咲が訊《たず》ねる。

「んー、名雲弘樹って選手なら」

そう答えるしかないだろうな。唯一知っているし、面識があるし、なんなら一緒にメシ食った仲だもんな。まあ目の前に『名雲弘樹以外認めん！』という格好をしているヤツがいれば、たとえ他の選手を知っていたとしても親父《おやじ》の名前を挙げるしかないだろうな。

「結愛っちも名雲のファンだったの⁉」

拡大解釈をした桜咲は文字通り飛び上がる。

「有名な人なんでしょ？　名前と顔くらいは知ってるよ？」

結愛が親父の名前を出した時、あの人名雲くんのお父さんなんだよ？　とカミングアウトしてしまわないか心配になったのだが、そんな様子は見当たらなかった。親友同士互いに秘密を打ち明けた直後ということもあり、オープンな雰囲気になって俺の秘密まで口にしてもおかしくない雰囲気だったんだけどな。その辺、結愛は賢いというか、しっかりしているのかもな。

「名前と顔知ってるだけでファンの素質十分だよ！　とりあえずこの試合とこの試合は、名雲初心者でも名雲の魅力がわかっちゃうから観てほしいんだけどー」

桜咲が結愛の前にスマホを向けようとする。

「桜咲さん、オタの悪いところ出てるぞ……」

布教に必死になるあまり、結愛にグイグイ迫りすぎていた。

「いいじゃん。せっかくだし、瑠海が好きな名雲さんの試合見せてよ」

「さっすが結愛っち。名雲くんとは違うね！　名雲くん、ほら早くセットして」

俺を小間使いのように扱う桜咲は、配信動画をテレビに映すように要求してくる。

なんだか腹が立つ態度だが、今回は大目に見てやろう。

ついさっきまで観ていた試合ではなく、桜咲が名雲の名勝負として選んだ試合を観ることになる。

「名雲は試合はもちろんだけど、入場も凄《すご》いんだよね。入場だけでお金取れる、って言われてるくらい凄いんだから！　名雲くん、入場シーンカットしないでね」

プロレスラーにとっては、入場曲とともに登場するところも大事な見せ場の一つだからな。これだけで観客を満足させてしまうことだってあるくらいだ。

桜咲の要求通りの試合を再生すると、親父の入場シーンが始まった。

今よりずっと若く、コスチュームも今より時代を感じるデザインだ。若い上にヒゲがないせいで爽やかなイケメンにしか見えないのが、俺からすると違和感あるんだよな。

「結愛っち、名雲が入場する時には、曲に合わせて合いの手を入れる決まりがあってね」

入場シーンを見せる、と桜咲が言い出した時点で嫌な予感はしていたのだ。

けれど、より仲良しになっていい雰囲気の場を乱すほど、空気の読めない俺じゃない。

「ほら、スモークから現れて、後ろで火花がどーん！　って鳴って花道を歩いてくるから、曲に合わせて……」

海外のヘヴィメタルバンドに依頼してつくってもらった経緯がある勇ましい曲に合わせて花道を歩く、今より若く膝の状態もずっといい親父が映る中、桜咲は。

「せーの、『ケ～ェ～カ！』『ケ～ェ～カ！』『ケ～ェ～カ！』」

当時の会場にいた観客が響かせている雄叫《おたけ》びに合わせるように、天に拳を突き上げ、『ケーカ』と連呼する。

嫌な予感が的中した。

桜咲が、十年以上前の『1・4《イッテンヨン》』ドーム大会を持ち出した時点で、こうなるとはわかってはいたのだが……。

「瑠海、『ケーカ』ってなに？　なんかみんなめっちゃぶちアガってるけど？」

戸惑いながら拳を上げ下げしていた結愛が、桜咲に問う。

大会場にいる観客が一体感に包まれている感動的な光景も、経緯を知らない人からすれば、意味不明に思えるだろうな。

「元々、『ケーカ』ってチャントは名雲のアンチが野次るために使ってたんだ」

桜咲が答える。

「『ケーカ』っていうのは、『篠宮恵歌《しのみやけいか》』のことだから。ほら、結愛っちとこの前観に行った映画で主演やってた女優さんいるでしょ？　あの人、名雲の元奥さんなの。離婚しちゃったんだよね」

「あっ、そうなの……」

結愛の視線が一瞬だけこちらを向いた。

名雲弘樹の元妻ということは、まあ、そういうことだからな。

「だから、元々はアンチが悪口のつもりで使ってたけど、名雲はメンタルお化けだから、そんな状況を変えちゃったんだよねー。ほら、この試合の時にはもう会場がめっちゃ盛り上がってて、フツーに応援っぽいでしょ？　声援もブーイングも、選手に向けた熱いメッセージって意味では同じだからね。名雲はマイナスのものでもプラスにしちゃうパワーがあるんだよ」

桜咲の言う通り、この合いの手みたいなチャントは親父が入場する時の定番になり、団体を背負うトップ選手へと成長を遂げた証《あかし》となった。

桜咲に合わせて、俺は言う。動揺していないアピールとして。

「……離婚騒動が出る前は、若手時代のノリを引きずってやたらと元気にリングに向かってたのが、夏にやる大きなリーグ戦の『グレイテスト・リーグ』を通して、野次やブーイングを目一杯浴びるみたいに時間をかけまくって入場するようになったからな。日本ではずっとベビーフェイスだったのに、ここからヒールターンしたんだ。顔つきもなんかふてぶてしいだろ？」

「そうそう！　華やかでも優等生っぽくて物足りなさもあったから、名雲は人気があってもアンチも多かったんだけど、離婚スキャンダル後の『GL』でちょっとずつ流れが変わっていって、そこで優勝して、とうとうこの『1・4』のメインイベントで、アンチも認めさせるくらい大化けしちゃったっていうか！」

それまで爽やかな優等生キャラでアイドル的な売り出し方すらされていた親父なだけに、

女性問題でのやらかしは、本人にとってもファンにとっても大ダメージだったはずなのだが、ヒールターンを選択することで、かえって親父はファンを増やしてみせたのだった。

それは親父なりの、離婚問題に対する決着のつけ方だったのだろう。

世間から貼り付けられた悪いイメージを、あえて真正面から受け止めることで、自分の新たな一面を世間に提示して、受け入れられたのだ。

プロレスラーである親父はそうして乗り越えたのだが、俺は親父とは違うからどうすることもできない。

結愛が気にした通り、『篠宮恵歌』は俺の母親だ。

奇《く》しくも親父が大化けしたのと同じくらいの時期に、幼い子どもを抱えた若いシングルマザー役で出演した映画で、誠実でひたむきな役柄を演じきった力量が評価されて各賞を総なめにしたことで話題になり、今もドラマや映画に引っ張りだこの人気者である。

世間のそんなイメージを耳にするたびに、俺はいつも違和感に襲われる。

あいつは、そんな善玉じゃないからな。

「――じゃあ慎治、また明日学校でね」

帰り際《ぎわ》、結愛が言った。

「ああ」

桜咲と一緒に駅へ向かう結愛の背中を見て、俺は思った。

この時間だって、いつか突然終わるかもしれないんだよな。

母親がいなくなった時みたいに。

■第四章【合宿の逆襲】

◆1【調子が悪くて調子いい結愛《ゆあ》】

期末試験本番が、刻一刻と迫っていた。

明後日《あさって》になれば、試験の一日目を迎えることになる。

この日、結愛は俺の部屋に来て勉強をしていた。

結愛の勉強を俺が見ることができるのは、この時間だけだ。結愛が家にいる時は、自分の力だけで勉強してもらわないといけない。

結愛にとって、相変わらず鬼門は数学だった。

本番直前の今、どれだけできているのか確かめるために、市販の問題集から設問を抜粋した自作の小テストをやらせてみたのだが……。

「……結愛、これヤバいぞ……」

自室の丸テーブルの前に座る結愛の隣で、俺は採点済みの答案用紙を持つ指先を震わせていた。

「うーん、最近なんか調子悪いんだよねー」

悪びれもせずに、結愛が舌をぺろっと出す。

俺が見る限り、なんだかふざけ半分だった初日を除けば、結愛は真面目に勉強していた。これなら苦手な理数系科目でも赤点回避どころか平均点以上は狙えるのでは？　と思えるくらいだった。

俺の目が届かないところでも、ギャル仲間と勉強会を開いていたくらい熱心だったはずなのに……どうしてこうなった？

自慢じゃないが俺の小テストは、テスト本番に問題用紙を前にして、『これ名雲《なぐも》ゼミでやったやつだ！』とイキり散らせるくらい精度が高いと自負している。友達と交流する時間を勉強に費やしてきた勉強の鬼である俺が、数多《あまた》の問題集に挑む過程で、出題される頻度が高い問題だけを選びぬいて作成したのだから。

この時点で、小テストで赤点レベルの点数しか取れない結愛は、本番でも同じ目に遭う可能性が高い。

「結愛、家でもちゃんと勉強してたよな？」

「してたよー」

結愛が口を尖《とが》らせる。

「でも慎治《しんじ》のこと考えてる時は全然勉強が手に付かなかったんだけどねー」

などと冗談を言ってみせる結愛だが、もしかしたら、勉強が手に付かない理由……結愛の気分を不安定にさせる、つまり両親絡《がら》みのことで何かあったんじゃないか？

そう考えると、俺にはもう心配な気持ちしかなかった。

今から、俺がしてやれることで、何かできることはないだろうか？

家族の問題に踏み込むことは難しくても、勉強のサポートならできる。なんだったら、俺の勉強時間を削ってでも結愛の勉強を見たい気すらしていた。

「そうだ。合宿やろ。試験の前の日に、泊まり込みで」

突然、いいこと思いついた、とばかりに結愛が言った。

「慎治が一日つきっきりで勉強見てくれたら、本番でも高得点間違いなしじゃない？」

合宿……か。

それなら、俺でもできる。俺がついていれば、結愛の注意が勉強からそれることを防げるかもしれないし。

ただ、問題は場所だ。

ホラー映画合宿の時のように俺の家だと、大はしゃぎの紡希《つむぎ》が結愛に「遊んで」なんて言ってきて勉強にならなそうだ。

「かといって、結愛の家ってわけにも……」

「おっ、うち来る?」

結愛は乗り気なようで、身を乗り出してくる。

「……いや、でも、そうなると紡希が一人になっちゃうんだよな」

親父《おやじ》は今、アメリカに遠征中で、俺が結愛の家で一日を過ごすことになってしまったら、紡希が取り残されてしまう。

百花《ももか》ちゃんという親友がいるのだから、紡希の精神状態はかなり落ち着いているに違いない。だが、俺はどうしても、紡希が名雲家に来たばかりの時の、一人の部屋で彩夏《あやか》さんを思い出して泣いてしまっていた頃の印象が頭から離れなかった。

「そっか。紡希ちゃんのことがあるもんね」

結愛にとっても、紡希のことは大事な問題と思ってくれている。

それまでグイグイ来ていた結愛もトーンダウンしてしまった。

「でもほら、結愛の勉強だって俺はどうにかしたいんだよ」

結愛の成績は心配だが、だからといって紡希を置いて結愛の家へ行くことはできない。

そうして腕を組んで悩んでいると。

「話は聞かせてもらったよ」

扉がギィ……と開いたと思ったら、扉の枠に背中を預けて腕を組む紡希がいた。どうしたんだよ、ハードボイルドだな……。

「シンにぃ、心配しなくていいよ。ちょうどわたし、百花の家にお呼ばれしてるから」

「お呼ばれ？」

「この前、百花と一緒にごはん食べたでしょ？　そのお礼に、今度は百花が夜ごはんつくってくれるんだって。なんか、聞いたら泊まってもいいよーって言ってた」

そう言っている間にも紡希はぴょんぴょん小刻みに跳ねていて、すっかり百花ちゃんとのお泊り会に思いを馳《は》せているようだ。

まあ、紡希がそうしてくれるのなら、今の問題は解決してしまうのだが。

「じゃあ、うち来ちゃう？」

再度結愛が訊《たず》ねてくる。

「そうした方がいいよ！　結愛さん家《ち》、行っちゃお！」

ロケットのごとく飛んできた紡希に、目の前で圧を掛けられてしまう。

「一晩中一つの部屋に二人きり。何も起きないはずがなく……」

「そうだな、一晩中二人きりだったら成績アップするよな」

「あら？　とぼけちゃって」

百花ちゃんはいないというのに大人ぶりモードに入った紡希が、肩に掛かった髪を払うような例の仕草をする。

紡希め、まさか、周りの人の優しさによって成立している大人キャラを自分の実力と勘違いして都合よく使い分けようだなんて考えてやしないだろうな？

「ふっ、アップするのは一体どこなのかしらね」

「紡希、それ以上続ける気なら今月のお小遣い全額カットだぞ？」

「シンにぃやめてよぉ～、せめて『月刊ＫＯＷＡＩ！』を買える分だけはちょうだい～」

カネの問題をチラつかせた途端に元の紡希になって泣きついてきた。

「紡希ちゃん、慎治はうちに来てくれるから、そんな心配しなくていいんだよ？」

そんな紡希を優しくフォローする結愛だった。

「結愛さん……うちのシンにぃを……男にしてあげて。あとは頼んだよ」

結愛に向けて手を伸ばし、ガクッ、と口で言いながら倒れ込む紡希。

「そんな大仁田《おおにた》劇場みたいな茶番はいいから、ほらほら、百花ちゃんに『泊まっていいって言われちゃった！』ってこどもっぽく元気に伝えてこい」

俺は死んだふりをする紡希を転がし、部屋から追い出す。

紡希を雑に扱うようで嫌だが、これ以上おかしな言動をさせないようにするには、そうするしかなかった。

懸念《けねん》の紡希の問題が片付いた以上、結愛の家で合宿を行わないわけにはいかなくなる。

「結愛の成績が壊滅的だから、合宿をするんだってことを忘れるなよ？」

予定が決定したことで、結愛と二人っきりになることを否《いや》が応でも意識させられ、緊張を誤魔化すために俺は言った。

「はいはい、わかってるよ。合宿の日の夜ごはんはなにがいい？　夜食もあった方がいいよね？」

一応、夜通し勉強する程度のやる気はあるようだ。まあ、試験本番で眠くなったら元も子もないから、徹夜は絶対にしないしさせないけどな。

「うちにはベッド一つしかないから、寝る時は一緒ね」

「おい待て」

さらっととんでもないことを口にしなかった？

「なんで？　だって、慎治のとこみたいに予備の布団《ふとん》なんかないんだけど？」

「俺は……床で寝るからいいよ」

「だめだよ。せっかく私に勉強教えてくれるのに、床に放り出すなんて悪いでしょ」

結愛は俺の腕を取って、グイグイ押したり引いたりする。

「他人《ひと》ん家の慣れないベッドで寝ようとしたらいつもと感覚違くて寝れないだろ？　寝不足でテスト本番で力を出せなかったら大問題だ。だが床の感触はどこの家も大差ない。……だから俺は床で、寝る……！」

言うに事欠いて俺は、そんな言い訳をした。

「なんでそんな意地張っちゃってんすか」

にゃ〜っとする結愛が、俺の頰をつんつんつついてきて、終《しま》いには唇まで、ぐにぐに指先で押してきた。

「慎治〜、私はたんに、寝る場所を提案しただけだよ？　ベッドじゃないけど、慎治とはもう一緒に寝たことあるし、その時はなにもなかったじゃん。なんで今回はえっち込みで考えちゃってんの？」

この煽《あお》りは効いたよ。ガツンと来た。

「慎治の頭の中では、私はどうなっちゃってんのかな〜。ふふふ」

何故《なぜ》だ。俺は結愛を尊重するために同衾《どうきん》を拒否していたというのに、これじゃ俺がとんだ下心野郎みたいじゃないか……。

「まー、いいや。そういうの込み込みでいいから一緒に寝よ？　慎治を床に放り出して私だけベッドなんて、慎治に悪い気がして寝不足になっちゃうから」

毎度のことだが、結愛は一度言い出すと聞かないところがある。

結愛からすれば親切のつもりだから、ここで意見を引っ込めることはあるまい。

よく考えてみると、ここで頑《かたく》なに同じベッドで眠ることを拒否するのは、結愛ではなく下心がある俺の問題のような気がしてきた。同衾したからといって手を出さないといけない決まりはないだろう。大人の世界のルールは知らんが、俺はまだ子どもだから、それでいいはず。結愛の言う通り、以前同じ布団で一緒に寝た時は何もなかったしな。まああれは結愛の寝相が悪いせいで起きた色気皆無な出来事で、胸にマシンガンチョップを食《く》らうという忘れられない痛みを残した夜になったわけだけど。

「そんな構えなくたっていいじゃん。一夜のあやまちがあっても、テストで間違わなければいいんだから！」

「上手《うま》いこと言ったみたいで大問題だからな？」

もしかして紡希は、結愛のこういうところに悪い影響を受けているんじゃないだろうなあ、と心配になる。

寝床問題は未解決ながら、こうして俺は、結愛の家にて泊まりで勉強することになった。

合宿、再び。

しかし今回は、間に入ることで二人っきりの恥ずかしさを紛らわせてくれる紡希はいないのだ。

そもそも俺は結愛の家に行くことが初めてなんだよな。

異性の部屋に足を踏み入れるなんて大事件を前にして、緊張するなという方が無理である。

期待やら不安やら何やらが色々混ざって、テスト本番が控えているというのに体調不良にでもなりそうだ。

とはいえ、ここ最近は、あいにく俺も勉強に集中しにくくなっている精神状態だった。

案外、結愛との勉強合宿は劇薬として有効かもしれない。

◆2【前日なかなか寝付けなかったパターン】

勉強合宿の日がやってくる。

この日は普通に学校で授業があったので、一旦帰宅したあと、泊まりの準備を整えてから結愛の家へ向かうことになっていた。

俺は今、結愛の家の最寄り駅に立っている。

泊まりの荷物も入れられるように、中学の修学旅行の際に買ってもらったアウトドアブランドの大きめのリュックを引っ張り出してきて、勉強道具と着替え一式を詰めて背負っているものだから立っているだけでもちょっとしんどい。

翌日は結愛の家から学校へ直《じか》に向かうことになる都合上、私服ではなく制服だ。

クラスメートが周りにいやしないかと心配になって、待ち合わせ中にきょろきょろ周囲を見渡す俺は不審者に違いない。

結愛とはそこから、一緒に結愛の家に行くことになっている。

平屋のようなかたちをした小規模な駅舎は、最小限の機能しかないようで、改札くらいしか目立つものがないシンプルな見た目をしていた。ホームと駅の外を隔てるものも、緑色のフェンスだけだ。

とはいえ、駅の周囲にバスやタクシーの乗り場があり、飲食店も並んでいるせいか、人通りが多いおかげで、寂しい雰囲気はなかった。

「……結愛はまだか？」

俺が駅に到着する直前に、『着いたよ～』というメッセージが送られてきたので、すでにどこかにいるはずなのだが。

再びきょろきょろとし始め、不審者になっていると。

「だーれだ」

背後から、両肩をポンと叩《たた》かれる。

「じゃん、私でした！」

やたらとハイテンションな結愛が、俺の前に回り込む。

「答える前に飛び出てきてるじゃないか——」

俺は絶句した。

結愛の私服？　を目にしたせいだ。

へその見えるクロップドな黒いTシャツ一枚に、背後に回り込めば尻が見えるんじゃないかってくらい股下が短いデニムのショートパンツにサンダルという格好の結愛は、夏だから、という理由じゃ済まないくらい露出が多く見えた。水着で来てんのかと思ったぞ。

「えー、どしたの？　なんか時間停止してない？」

結愛が、身を捩《よじ》りながら俺の顔を覗《のぞ》き込んでくる。シャワーでも浴びてきたのか、しっとりした結愛の髪からは、爽やかで甘い香りがした。

「いやその服……」

俺はどうにかそれだけを口にして、結愛を指差す。ていうか、脚長いな。水着見た時も思ったけどさ。隣に誰か並んだら公開処刑だぞ。俺も含めてな。

「これくらいの方が、慎治もやる気出ると思って」

こいつは一体、俺に何のやる気を出させようとしてるんだ？

そう思ったのだが、結愛の場合、狙ってやっているわけではない場合があるので、下手に追及すると恥ずかしがって行動不能になる場合もあるから、何も言えなかった。こんな格好の結愛、周りにあまり見せたくないから、早いところ結愛の家へと移動してしまいたい。

「家行く前に、ちょっとスーパー寄らせて。晩ごはんの買い出ししたいんだよねー」

俺は結愛にくっつきながら、駅前のスーパーに入店する。

冷房効いてるからさ～、という理由で、カートを押す俺にぴったり密着しながら店内を回らなければいけなくなったので、俺はこの段階で精根尽き果てそうだった。カートがあってよかったよ。俺の足代わりになってサポートしてくれたからな。

カゴに入った食材から考えて、カレーだな、と見当をつけつつ、どうにかレジに並んだ時だ。

「慎治～、ちょっとお尻から取って」

カートに体を預ける格好で俺の前に並んでいる結愛が、軽く尻を突き出してくるものだから何事かと思った。

結愛の尻……いや、尻ポケットを見ると、エコバッグがちらりと顔をのぞかせていた。

右側のポケットにはスマホが入っているし、なんでもケツポケットに入れようとするなよな。

要求通りエコバッグを引っ張り出してやると、結愛が軽く喘《あえ》ぎめいた声を漏らすので、だんだん痴女めいてきたな、と行く末を案じてしまうのだけれど、結愛のぬくもりをほんのり感じられるバッグを手にしてドキドキしてしまっている俺の方がよっぽどヤバくて将来が不安なのは明白だった。

「ちっす、また来ちゃいました」

知り合いに声を掛けるようなノリで、結愛がいきなりレジの店員に話しかける。

こいつ、レジ係のおばさんが相手でもこんなフランクなノリでぶっ込むのか、と俺は改めて結愛のコミュ力に戦慄を覚えるのだが、会話を盗み聞きする限り、二人は知り合いらしかった。

俺の姿を見つけたおばさんが、あらぁそっちの子はもしかして彼氏？　などと余計なことを訊《たず》ねてくる。

「そーなんですよ。今日うちにお泊りなんで。朝までコースっす」

バチンとウインクをキメながら俺の腕を抱き込む結愛に対し、あらあらぁ若いわねぇ、と目を輝かせるレジおばさん。突然の出来事に、俺は、はい、まあ……と曖昧な返事しか

できなかった。

「……あの人、結愛の知ってる人？」

レジを抜け、サッカー台の上で買ったものをエコバッグに詰め込みながら、俺は結愛に訊ねる。

「ここ、春の間ちょっとだけバイトしてたとこだから。その時一緒に働いてた人だよ」

「結愛が、スーパーで？」

なんだか意外だった。

確かに、ここは利便性もよくて感じのいい店だが、結愛がバイト先に選ぶにしては地味に思えた。

「わりと、こういう落ち着いたとこの方が好きなんだよね」

結愛が言った。

意外な返答ではあったけれど、結愛への親しみは増した気がした。ここで、あからさまにウェイ系パリピが集まるような場所でバイトをしていたなんて言われたら、結愛を遠くに感じてしまうだろうからな。

「信じられないなら、今度レジ打ち用の制服着てあげるけど？」

そういうのが好きなんでしょ？　とばかりに結愛が得意そうな顔をする。

華やかな見た目の結愛が、自分の派手な部分を押し込めるように地味な制服に身を包む姿は……想像するとなんだかグッときてしまった。

「ふふ、慎治、借り物だから汚さないようにね？」

「お前は俺が何をすると思ってたんだ？」

「え？　制服プレイでしょ？」

事も無げにあっさり言ってのけるところに、やはり結愛は結愛だな、と再認識した俺は、食材を詰め終えたエコバッグを持とうとする。

「片方持つよ」

結愛が持ち手の片方を握る。

ここは俺が持つよ、と答えた方が男らしいかと思ったのだが、エコバッグを通して俺と共同作業なかたちになった結愛が満足そうに微笑《ほほえ》んできたので、断らないで正解だったのだろう。

スーパーを出て、人々が往来する通りで真夏の熱気に当てられると、ひょっとして傍《はた》から見たら俺たちはバカなカップルに見られているんじゃないか？　という疑念が生じ、結愛の家に着くまで落ち着かない気分になってしまうのだった。

◆3 【『彼女』の家】

結愛が住んでいるマンションは、三階建てながらエントランスのある、高校生が一人暮らしをするには豪華過ぎるように思えるくらい綺麗《きれい》な造りをした建物だった。

親元から飛び出した結愛だが、最低限の生活費は親が出しているらしい。

これだけ防犯対策がバッチリに思えるマンションに金を出すのだから、結愛本人はそう思っていなくても、両親は娘を大事にしているのかもしれない。

三階にあるらしい結愛の部屋へ向かう階段を上がりながら、俺はステップを一歩ずつ踏みしめる足が軽くなっているのを感じた。

「親の見栄《みえ》だよ」

まるで俺の考えを見透かしたようなタイミングで、前を歩いている結愛が言った。

「家賃が安いからってだけで、私がボロのアパートに住んだら、自分たちの体裁が悪いと思ったんでしょ」

結愛は、両親に対して冷たかった。

普段は、紡希や俺に対して優しく暖かい結愛を目にしているだけに、どうしたらこうまでこじれるのだろうと不思議に思ってしまう。

ここからは俺が持つから、と見栄を張ったエコバッグを、異様に重く感じてしまう。

本当に親の見栄だけでこんな立派なマンションに住ませるかな？　と聞きたい気持ちはあったのだが、結局何も言えなかった。

こちらが望んでもいないのに、他人から自分の家族の問題についてあれこれ言われることがどれだけ嫌か、俺だって知っているからな。

初っ端《しょっぱな》から地雷を踏んでしまったような気がするが、今日の目的は勉強だ。結愛を赤点の危機から救わないといけない。

とりあえずは、俺にできることをやらなくては。

そう気合を入れ直し、前向きな気持ちになれるように顔を上げると、ちょうど結愛が左足をステップに乗せた姿勢の都合上、デニムのショートパンツから白く艶《なま》めかしい尻の麓の部分が露出してしまっていた。

目下問題なのは、見栄、じゃなくて、見え、なことだな。

やっぱりそのめっちゃ挑発的なショートパンツ、どうにかならねぇかな……。

勉強をしに来たはずなのに、スケベ心に溢《あふ》れてまったく集中できなくなる恐怖にかられながら、俺は結愛にくっついて部屋を目指すのだった。

★

玄関の扉を開けた時点で、まったく違う領域に足を踏み入れた感覚があった。

こんな爽やかな甘い香り、俺の部屋には絶対ない。

玄関に立って、リビングへ繋《つな》がる短い廊下にエコバッグを置いた俺は、結愛の部屋を目《ま》の当たりにする。

キッチンを含めて、ほぼワンルームのリビングは、なんというか、もっとヒョウ柄とかシマウマ柄とか、いかにもギャルですって感じのクッションやらカーペットがありそうな気がしたのだが、小綺麗でオシャレにまとまった都会的な部屋、という印象で落ち着いていた。ひょっとしてギャルじゃないのでは、という疑惑まで浮上するくらいだ。結愛は最低限の生活費以外は自力でどうにかしているそうだから、あまり凝った内装でゴテゴテ飾ることはできないのだろう。

家具もそう多くはないしな、と思っていると、ふと目に留まる箇所があった。

テレビの向かいには棚があって、そこには幾つかのトロフィーが置いてあり、その後ろに掛けられた額縁の中には、賞状らしき紙が収められていたのだ。

どうやら結愛は、過去にピアノのコンクールで入賞を果たしたことがあるらしい。

まさかピアノを弾けるとは……ギャルじゃない疑惑がますます強くなったな。

ただ、トロフィーの中の一つに、落として壊れてしまったような歪《ゆが》みがあることが妙に気になってしまった。

「ねぇ、慎治。立ってないで入ってきたら？」

リビング中央にあるテーブルの前に立った結愛が首を傾《かし》げる。

そうだった、些細《ささい》なことを気にしている場合じゃない。結愛にピアノの心得があろうが、今はどうでもいいじゃないか。

これから俺は、結愛のプライベート空間に足を踏み入れようとしているんだぞ。

「まー、でもそっか。慎治は女の子の部屋入るのなんて初めてだもんね」

煽《あお》るような笑みを浮かべてこちらに寄ってきた結愛だったが、俺の前で立ち止まると、安心感溢れる暖かい笑みへと変え、両手を広げて迎え入れるような仕草をする。

「――おかえり、慎治。待ってたよ」

そんな、出かけた俺の帰りを待っていたようなセリフを口にした。

なんというか、今まで結愛にドキッとさせられたことは何度もあるのだが、今回は違った角度から俺の感覚を刺激してきたな。

「どういうつもりだ？」

胸の奥が心地よく暖かくなる感覚を覚えながら訊《たず》ねる俺の声は、自分でもわかるくらい弾んでいた。

「だって、こうやって夫婦感出した方が、いつもみたいな感じがして慎治も緊張しないで済むでしょ？」

そんないつも夫婦感出していただろうか？　と思うのだが、桜咲《おうさき》にすら俺たちは夫婦っぽく見えると言われてしまったわけだし、よっぽどなのだろうな。

「疲れたでしょ、早く入って入って」

「駅前のスーパーに寄ってきただけだけどな」

「そこは慎治も合わせてよ～。もっと仕事帰り感出して～」

「あいにく、俺はバイトすらしたことないからわかんないんだよなぁ」

けれど、確かに結愛のおかげで、結愛の部屋から感じていた空気感が変わった。異性の部屋という、期待と重圧の二律背反による気後れする空間から、それこそ「自宅のような安心感」がある空間に変わったのだ。

胸の高鳴りに圧はなく、ひたすら心地よさだけがあった。

そうして俺は、結愛の部屋のど真ん中に立つことになった。

「よし……勉強するか！」

壮大な一歩を踏み出した気分になった俺は、勉強に対するモチベーションがマックスになっていたのだ。今ならどんな難問だって解けてしまえる気がする。

「えー、来たばっかじゃん。なんでそこで勉強なの？」

「お前……なんで一番大事な目的忘れちゃうの。今日は勉強合宿で来たんだぞ？　遊ぶのはまた今度だ」

いつものパターンから考えて、食い下がってくるかと思ったのだが、結愛はあっさり応じて、隣の部屋から勉強道具一式を持ってきた。どうやら隣の小部屋は寝室兼勉強部屋になっているらしい。玄関近くの廊下のすぐ隣はバスルームになっていたな。

結愛の部屋のことはもういいんだ。勉強しなければ。今度こそ、学年一位の座を奪取しないといけないんだからな。

結愛と同じように、ガラス張りのテーブルの上に、大きめのリュックから取り出した勉強道具一式を並べる。

「とりあえず前回の復習からやるか。また問題集つくってきたから、解いていてくれ」

前回散々な点数を結愛が取った時、俺は間違った問題を重点的に教えた。今回も似たパターンの設問をまとめてきたので、前回からどれだけできるようになっているか、小テストをさせて確認することにする。

俺は結愛の向かいの位置で、結愛が問題を解き終わるまで自分の勉強をする。

目の前に結愛がいる緊張のせいか、ここ最近のスランプの原因をある程度忘れることができたのは幸いだった。これだけで、合宿の意味があるというもの。

異性と二人きりになる状況を心配していたが、よく考えれば相手は結愛だ。そりゃドキドキすることに変わりはないのだが、もはや勝手知ったる仲ではあるのだから、必要以上に気にすることもなかったのかもしれない。

ほら、結愛も真面目に問題を解いているしな。結愛はふざけているようでちゃんとしているから、赤点の危機の状況にありながら勉強を放り出すなんて不真面目なことはしないのだ。

などと思っていると。

「ねぇ、慎治」

つぶやくように、結愛が言った。

「私、慎治にウソついてたことがあるの」

いやに真剣なトーンだった。

嫌な予感がする。

ウソ、と来たものだ。

もしかして……これ、桜咲から指摘されてからずっと心の片隅に引っかかっていた、『高良井《たからい》結愛は、名雲紡希抜きの名雲慎治をどう思っているか？』という問題に触れることなのでは？

さっきまでの浮《うわ》ついた感じはなんだったのかと思えるくらい深刻そうな雰囲気から、『二人きりになったいい機会だから、この際言っちゃうけど、実は、紡希ちゃんを抜きにして慎治のことを考えると、やっぱり私にとって慎治ってただの友達なんだよね』というウソの恋人関係に関する爆弾を投下されることを、俺は自分でも驚くくらい恐れていた。

「これ見て」

結愛が俺に向けて差し出して来たのは、空欄が全部埋まっている問題用紙だった。

「それ、この前と難しさは同じくらいでしょ？　採点してよ」

言われるがままに、震える手で採点をすると、なんと全問正解だった。

あくまで復習でしかないので、前回教えたことをしっかり覚えていれば、解くのはそう難しくはない問題ではある。

「実は私、この前慎治が出してくれたテストも、ほとんど答えわかってたの」

驚きはすれども、ありえないことではないと思った。

結愛は、俺が見ている限りは熱心に勉強していた。むしろ、どうしてあの時だけあんな壊滅的な点数を取ったのか不思議になるくらいだったのだ。

「どうして、そんなことを？」

「だって、合宿しないとヤバいって思わせないと、慎治と二人きりでいられる機会なさそうだったし」

結愛は視線をそむけた。

「慎治が瑠海《るみ》と出かけちゃった時さー、私めっちゃモヤモヤしちゃって」

結愛の声から、力がなくなっていく。

「慎治と二人でどっか行けて、楽しそうで、瑠海がうらやましいっていうか……嫉妬しちゃってたっぽいんだよねー。なんで瑠海だけー、とか思って」

結愛は、話すだけで辛《つら》そうだった。

本当は、言いたくなかったのだろう。大の仲良しで、親友の桜咲に暗い気持ちを向けていたなんて、できれば明かしたくはないことだ。

「だから、慎治と二人きりになれる口実見つけないとヤバいって思ったの」

それが、解けるはずの問題なのにわざと間違った解答をした理由らしい。

結愛は、趣味で秘密を抱える桜咲を、自らの傷を晒《さら》すことで優しく受け止めた。

そんな結愛を目《ま》の当たりにして、やっぱり人間力からして違うんだな、俺にはあんなことはできない、と思ってしまったのだが、俺が鈍感すぎただけで結愛も決して桜咲に対して穏やかな気持ちでいられたわけではなかったのだ。

どうしても結愛を前にすると、表面上の奔放な振る舞いや見た目のせいで、実は不安を抱えた繊細なヤツで、決して超然とした存在ではないのだということを忘れそうになってしまう。

「なんか、ごめんね。騙《だま》しちゃって」

結愛はにっこり笑ってみせたけれど、どこかしょんぼりして見えた。

「騙されたなんて、思ってないよ」

俺は言った。

「結愛がちゃんと勉強してたってわかったんだから、よかったよ。俺も、結愛の家に来れて嬉《うれ》しいわけだし、何の問題もないだろ」

そう、何の問題もない。

結愛が『騙した』として、それで誰か傷ついただろうか？

傷ついたヤツがいるとしたら、自分の行いを深刻に受け止めてしまっている結愛だけだ。

結愛の表情に元気が戻っていくように見えた。大きな瞳がより大きくなり、鈍かった輝きも増していく。

やっぱりグッドコンディションの結愛を前にすると、その眩《まぶ》しさに照れくさくなる。

「ほら、結愛の家に来た男子は俺が初めてなんだろ？　俺みたいなモンはそういう初物が大好きなんだよ。結愛が『騙して』くれたおかげだよ。飛び上がって喜んじゃうぞ！」

妙なテンションになった俺は、座った姿勢から飛び上がってみせるのだが、急にジャンプしたせいでふくらはぎがつってしまい、横にならざるを得なくなる。大丈夫？　これミートグッバイしてない？

慣れないことをしたせいで手負いの状態になったアホことダイナマイト慎治だったが、すぐ隣に結愛がやってきて、腰を下ろす。

「そのままだと頭が下で辛いでしょ？　膝使ってよ」

結愛が膝枕を提案してくる。

「すまねぇ……」

俺は素直に応じ、結愛の膝に頭を乗せる。もはや慣れた結愛の肌の感触に、そのまま眠ってしまいそうな心地よさを覚える。

結愛を励ますつもりなのに、とてもみっともない姿を晒してしまっている俺っていったい……。

「体張ってくれて、ありがと」

結愛の声が上から降ってきて、俺の頭をなでる手のひらの感触が昇天しそうなくらい気持ちよかった。

「慎治は、大丈夫だった？」

「いや、ダメだ。アホすぎて頭がもうダメだ。足も痛い……」

「そうじゃなくて、慎治のお母さんのことだよ」

母親のことを言われた瞬間、呼吸が乱れそうになる。けれど、ほんの少しだけで、背中から汗が噴き出すような不快な感じは覚えなかった。

「慎治、瑠海にお母さんのこと言われた時、傷ついたっぽい顔してたでしょ？」

「……よく見てるな」

俺は隠すことなく、正直に答えることにした。

結愛は、俺の母親のことを知っている。以前、ホラー映画合宿をした時に、お互いに両親のことを話し合ったから。

仕事のために家族を放り出して離婚した母親がいることを話したのは、結愛が同じように両親のことで悩んでいたからだ。

だから俺は、結愛からなら、母親の話題を向けられても構わなかった。

ここ最近、勉強にあまり集中できなかったのは、桜咲が俺の母親の名前を出したことで、気にするようになってしまったからだった。

「瑠海のこと、怒んないであげてね」

「別に怒ってないよ。桜咲さんは親父《おやじ》のファンだからな。親父を語ろうとしたら、どうしたって俺の母親のことだってセットで出てくるからな。名雲弘樹《ひろき》が、今は女優やってる篠《しの》宮恵歌《みやけいか》と結婚してたことは、ウィキにも載ってるくらい有名な話だし」

俺の答えに結愛は納得してくれたようで、そっか、と満足そうな返事をした。

「でもさー、大変じゃない？　篠宮恵歌さんって、今めっちゃテレビ出てるでしょ？」

見かける機会多いじゃん、と結愛が言う。

「この前は映画のプロモでバラエティとか出てたな」

桜咲が結愛と一緒に観《み》たという映画だ。憎たらしいことに、大ヒットを飛ばしているらしい。

「今度はドラマの番宣があるから、またテレビに出る機会が増えているだろうな。だから、極力テレビは観ないようにしてる」

最近はUチューブばかりで、テレビを観る時間が減っているから、以前ほどダメージを食《く》らう機会はないのだが、テレビでも動画サイトでも、ＣＭで突如あいつが出てくる時もあるから厄介だった。油断なんてできやしない。

メディアへの露出が多いせいで、関心を持たないように気をつけても、どんなドラマに出るか頭に入ってしまうのだが、あいつは性懲りもなく善玉役を演じるらしい。やっぱり「ヒールは実は良い人説」は当たっているみたいだな。刑事という硬派でシリアスな役柄だが、一方で家庭も大事にしていて、家の中でも外でも何かを「守る」ために奮闘する役と聞いた時は、怒るどころか吹き出しそうになった。

「私さぁ、この前、ドラマ観たよ。篠宮恵歌さんが出てるやつ」

「……結愛、まさかとは思うが、ファンじゃないだろうな？」

「どうかなぁ」

結愛は否定することをせず、曖昧な返事をしながら、しっかりと俺に視線を合わせる。

「どっちかというと、慎治のお母さんだから観ようと思った、って感じかな」

そう言われてしまうと、観るな、とは言いにくいな。観る観ないは結愛の自由なわけだし……。

「じゃあ勘違いしないように言っておくけど、あいつの本性は役とは反対だからな。外では隙のない堅物だけど家では茶目っ気のある良きママみたいなギャップ萌《も》えがあるヤツでは絶対にない」

「慎治はそうやって悪く言うけどさ、そういう記憶があるの？」

「……いや、どうだろうな」

結愛の指摘は、耳の痛い話ではあった。

母親が親父と離婚したのは、俺が五歳の時だ。当時の俺は仕事の都合で別々に暮らし始めたと思っていて、㋖スポを通して真実を知るのはもっと後の話だった。俺は家庭の事情すら東◯ポで知る男だ。

だから実を言えば、俺が持っている母親の記憶はおぼろげだった。俺はわりと幼い頃から記憶があるタイプだが、母親のことは、ショックを和らげる機能でも働いているのか、それほど覚えていない。

ただ、今に至るまであいつを目にするたびに嫌悪《けんお》感が湧くから、幸せな思い出はなかったことは想像できる。

「じゃあさ、もしかして、慎治のお母さんは慎治が思ってるほどには悪い人じゃなくて、ああいう優しくて家族を大事にする役をいっぱいやるのは、慎治のとこから離れちゃったことをずっと気にしてるからだったり、とかしない？」

不思議なくらいあいつの肩を持とうとする結愛だった。

「結愛は人がいいなぁ」

「ありがと。よく言われる」

皮肉にも余裕の笑みで返されると、自分がちっぽけな人間に思えてしまうな。

結愛は、踏み込みすぎているように思えた。もし誰か他のヤツが、結愛と同じようなことを言ってきたら、俺はむすっと露骨に不機嫌になって口を利《き》かない状態になっていたことだろう。ひょっとしたら、「こいつは信用しないでおこうリスト」に入れてしまうくらい腹を立てるかもしれない。

けれど、家族間の問題を抱えているのは結愛も同じだ。だからこそ、希望的観測でモノを言ってくる結愛を否定できなかった。他人に対する期待とはいえ、裏を返せば、結愛はまだ「家族」そのものへの希望を失っていないように思えたから。

結愛の家庭の事情を、俺はまだ詳しくは知らないが、少しでも自分の家族に期待を持っているのなら、俺の勝手でその淡い光を消してしまうわけにはいかなかった。

「慎治がさ、自分の顔あんまり好きじゃないっぽい感じ出してたの、わかった気がする。

慎治ってお母さん似だもんね」

「だから鏡を見るのが嫌なんだよ」

もっと年を食えば、こんな悩みを抱えずに済むのだろうが、今はまだ、化け物みたいに若い容姿を維持している母親に瓜二つ《うりふた》のようで、毎朝洗面台に向かうのが憂うつだった。

「なるほどー。髪型とか適当なのそのせいかぁ」

「それは俺がものぐさだからってのもあるな」

まともに鏡を見れたところで、俺の見た目が垢抜《あかぬ》けてオシャレな感じになることはあるまい。根本的にセンスや才能に欠けているからな。そこまでは母親のせいにはしないよ。

「でも、そっか。それだけ気にしてるんだから、慎治の中では、お母さんはめっちゃデカい存在なんだね」

宙を見上げ、結愛が言った時、周囲から音が消え去ったみたいに静まり返ったように思えて、そんなわけないだろ、と否定することすら忘れた。

「慎治は、私よりお母さんのことが気になるみたいだね」

このセリフばかりは、同志の結愛が相手だから仕方がないよな、という余裕は維持できなくなりそうだった。年頃の男子としてはキツい。

だが、もちろん結愛に俺を苦しめる意図はないようだ。どういうわけか、こちらの頭をなでなでしてきやがる。

「でも、そんなの忘れるくらい慎治が私を好きになるようにしちゃえばいいって話だよねー」

頑張る、と謎の決意表明をし始める結愛は、いつものグイグイ来る結愛で、一瞬感じた冷たい感情もすぐに消え去った。

ただ、このまま結愛に好き勝手言われるわけにもいかない。

「や、やってみろよ、できるもんならな」

なんだかバトルモノで、「お前をぶっ倒してやるぜ！」という旨《むね》の言葉をぶつけられた時に言い返すようなことを口走ってしまったのだが、声が裏返っている上に、膝枕をされながら頭なでなでされている状態ではキマるものもキマらないよな。

「勉強に戻るぞ。この前の復習用プリントで調子に乗るなよな」

俺は、離れがたい欲求に逆らいながら身を起こす。

「じゃ、試してみてよ」

頰杖《ほおづえ》をつく結愛は、歯を見せて微笑《ほほえ》んだ。

結愛に別のプリントを渡すと、その余裕通り、高得点を叩《たた》き出した。

「だから言ったでしょ？」

「そうやって調子に乗ってると、テスト本番でやらかすんだからな」

「だったらぁ、私がサボらないようにびしびししごいちゃってよ」

結愛はわざわざ俺のすぐ隣まで移動してくる。

この日は、結愛の服が服なだけに、勉強とは関係のない場所で鋼鉄の意思を要求されてしまう。

今日はあくまで勉強をしに来たんだ、と俺はペンを強く握り直すことで目標を再確認し、結愛の成績アップに努めるのだった。

◆4【『彼女』と夜を迎えたら】

結果的に、この勉強合宿は、有意義なものになった。

俺はもちろん、結愛も試験を前に手応えを感じられたと思う。

夕食は手軽に済ませられるように、二人で分担してカレーを作り、食事のあとにまた少しだけ勉強して、無理をすることなく0時には寝ることにした。

だが、俺にとってはこの瞬間が今回の合宿で一番の懸念《けねん》事項なのだ。

もう入浴している時点で気が気じゃなかったからな。日頃結愛が使っているバスルームに全裸でいる事情もあって、自分がどこを洗っているのかわからなくなるくらい緊張させられた。

「慎治～、はやくはやく」

ノリノリで俺に声を掛ける結愛は、ベッドの上でタイの仏像みたいな体勢で待ち構えていた。

Tシャツにスウェット生地のショートパンツという、以前ホラー映画合宿をした時と似たような格好を寝間着にしている結愛だが、違うのは、今回のTシャツはオーバーサイズ気味なことだ。サイズが合っていない感がある。

それもそのはずで、これは俺の私物だ。しかも、体育の際に使う校名と名前入りの白Tシャツである。

合宿を行う前に、『彼シャツみたいなのやってみたいんだよね～』と結愛が要望を出してきたのだ。普段の俺なら、恥ずかしいから、という理由を隠して断固として拒否していたところだが、結愛の機嫌を損ねれば勉強のモチベーション低下に繋《つな》がりそうだったので、黙って従ってしまった。

細身な俺が着ているTシャツだろうと、結愛が着ると少々持て余し気味になった。流石《さすが》に女子と男子では骨格が違うからな。結愛も、一部以外は細身な方だから、余計にだ。

結愛に合わせたわけではないが、俺も体育の授業と同じ格好をしていた。Tシャツは違うが、ジャージのズボンにはしっかり俺の名前が刺繍《ししゅう》されている。もちろん体育の授業で使ってから洗濯済みのものである。後日このまま学校へ持っていってロッカーに入れておけば、寝間着の分だけ荷物を減らせると思って選んだ。

「俺のTシャツを使うにしても、なんで、わざわざ体育用のやつにしたんだ？」

結愛のベッドを前にして、俺は訊《たず》ねる。

「慎治は、今日着たこれとそのジャージを、最低でも一回は体育で使うわけでしょ？」

俺は頷《うなず》いた。モノや季節にもよるが、体育用のジャージを寝間着に一回使った程度で洗濯する気はなかった。

「私の匂いをさせた慎治が、みんながいる前で授業受けるんだよ？　想像したらめっちゃドキドキしない？」

シャツの首元を顎の下まで手繰り寄せながら、いいいたずらを思いついた、みたいな顔をした結愛が言う。

「マーキングみたいなこと考えるんだな……」

結愛はたまに性癖を小出しにしてくることがある。おかげで、女子に性欲なんてあるわけないでしょうが派の俺も宗旨変えせざるを得なくなってしまった。俺の純情を返して。

「だって、教室じゃしゃべってくれないし、瑠海とはどこでも仲良くしちゃうんだから、こうやって独占欲出しちゃってもしょうがないじゃん。『彼女』なんだし」

まあ、変態性からではなく、寂しさから来るのであれば、俺は何も言えない。

などと思っているうちに、結愛がベッドの端に体をずらす。はよ入ってこい、というサインか。

葛藤すればするほど睡眠時間が減り、試験本番で困ったことになるのは俺の方なので、意を決してベッドに潜り込む。

隣に立ったり座ったりすることはもう何度もあるのだが、横になった時の緊張感はいまだに慣れない。結愛本人が隣にいるのに加えて、結愛が普段から使っているベッドと考えるから余計にそう思う。

一人で眠るには広すぎるくらいのベッドだったから、密着することは避けられた。嫌なわけではなく、そんなことになったら絶対眠れないだろうからな。

「このベッド、なんかデカっ、って思ったでしょ？」

こちらの顔を覗《のぞ》き込むように、横になって肘を立てながら、結愛が言った。

「お父さんが私に何も言わないで、このデカいの買ってきちゃったんだよね。一人で使うってわかってんのかなって思った。そういう変な見栄《みえ》張《は》っちゃう人なの」

結愛には悪いが、結愛の父親のおかげで、ある意味俺は助かっているということか。

「まあ、これで彼氏と一緒にイチャつきまくりなさい、って意味でこっち選んだなら、うちのお父さんにもちょっとは褒めるところもあるんだけどね」

「言い方よ」

不仲な父親のことを口にしてヒートアップしたのか、結愛は半ばヤケになったみたいな調子で言った。

「…………」

「なんだ、無言になって……」

急に黙るなよな。あと、俺をじっと見るな。俺は美人に見つめられると視線をどこへ向けていいやらわからなくなっちゃうんだからな。

「ねぇ、慎治」

ぽつりと結愛が言う。

「むらむらしてきたんだけど」

「真顔で言うことじゃないよな」

「なにもしないからさ、ちょっとだけ指でつつかせて」

「するな。抑えろ」

なにもしない、という割には触る気満々だし、結愛の手が向かう先が頬や腕みたいな穏やかな場所じゃない位置に伸びているように見えるのは俺の目の錯覚か？

あと、普通こういうのって男女逆じゃない？　なんで俺が襲われる側なんだよ。

「ふーん、慎治って欲がないんだね。雰囲気に流されちゃおうとか考えないの？　いい口実じゃん」

「俺は真面目で堅物なんだよ。なんなら決意表明としてこの場で手の甲にバッテン印を書いたっていいんだが？」

俺は両手を拳にして、胸の前で腕をクロスさせた。

「今日俺は、勉強をしに来たんだ。それ以外のことに同意してここにいるわけじゃない」

強気に言う俺だが、もちろん俺はこれから結愛が強行的な行動に出るのではないかとドキドキして待っていたわけ。

「慎治のそういうとこ好き」

うってかわって甘い顔をし始めた結愛は、俺と密着する位置にボフンと体を投げ出して横になった。明るい栗色《くりいろ》の髪がふんわりと流れて、仰向《あおむ》けになっていた俺の胸の上に掛かった。脳が溶けそうな香りが遅れてやってくる。

寝転んできた位置的に結愛の唇が頬に当たりかねない気がする。

するとと結愛が、すんすん鼻を鳴らし始めたと思ったら、ぐ〜っ、と腹の底から魔物が叫ぶ音がした。

「ごめん、カレーの匂いがしたから……」

バツが悪そうに、結愛が言う。

「キッチンに放置しておくからだろ」

俺もさっきから気になってはいたのだ。

立派なマンションとはいえ、ほぼ一部屋で完結しているから、扉を開けっ放しにしていると、キッチンからここまでいい匂いが漂ってくるのである。俺から匂いがするわけじゃない。ちゃんと風呂《ふろ》に入ったし、頭にカレー皿を乗せてタッグ王座を獲《と》ったこともないからな。

「お腹《なか》鳴らしちゃったら、雰囲気台無しだね」

照れくさそうに笑う結愛が、ごろんと仰向けになる。

「朝になったら、二人ともカレーくさくなってそう」

「朝食用に余分につくっておいたのは失敗だったかもな」

朝の食事を手早く済ませ、辛さによる刺激で頭と体を目覚めさせて万全の状態で試験に挑もうと考えてのことだったのだが。

まったく関わりのない存在として扱われている男子と女子が、仲良くカレーの匂いをさせながら登校してきたら、何も知らないクラスメートたちはどう思うだろう？

俺の命に関わりかねないので隠しておかないといけない重大な秘密だけれど、「高良井さんと、あのほら……あいつ、なんでカレーの匂い漂わせてるんだ？」などと混乱するクラスメートを想像すると恐れるより笑えてしまった。

まあ、桜咲あたりは勘付きそうだけど。なにせ結愛と同じシャンプーだったことを見破った女だ。

「起きたら一緒にシャワー浴びようね」

「そうだなー」

「お、流された」

「眠くて意識朦朧《もうろう》としてるから聞き流しただけだよ。おやすみ」

もともと夜ふかしをするタイプではない俺は、0時を過ぎれば眠くなるようにできているらしい。全身から力が抜けてきた。

安心して眠りにつくべく、俺は結愛の左腕を抱えるように捕まえる。

「慎治、めっちゃやる気じゃん～」

「……睡眠中に結愛の腕を自由にさせた時の恐ろしさを知ってるからだよ」

寝相の悪い結愛は、近くにいる者に逆水平チョップを放ってくることを、俺は知っていた。酔拳ならぬ睡眠拳の使い手な可能性すらある。そんな拳法存在するのか知らんけど。

「じゃあ、寝てる間はちゃんと捕まえててよ」

すぐ隣の結愛の声すら遠くに聞こえるくらい、眠気が強くなってきた。

「慎治から来てくれた時の方が、私も嬉《うれ》しいし」

なんか結愛が言ってるなぁ、くらいしか脳が働かなくなった俺は、まもなく眠りの世界へと入っていくのだった。

■第五章【俺にできる闘い方】

◆1【試験が終わったら俺はどこで存在感をアピールすればいいんだ？】

期末試験は無事に終了し、この日、全科目の答案が返ってきた。

名雲《なぐも》家にやってきた結愛《ゆあ》は、返却された答案をテーブルに広げる。

「どうよ、これ？」

今回のテストでは、結愛は上出来ともいえる成果を上げた。

苦手な理数系の科目は平均点に達し、赤点とは無縁の位置まで成績を伸ばした。

比較的得意な文系の科目では、どれも平均点越えを果たしていた。現国に至っては、90点を獲得する躍進っぷりだ。文系科目については俺はほぼノータッチだから、結愛が自分一人でもそれだけ勉強したということである。

結愛が満面の笑みを浮かべるのも当然だ。

問題は、俺の方である。

「……また、二位か」

首位の座を奪取するべく、気合を入れて臨んだ期末試験も、結局二位止まりだった。

手応えはあった。全科目トータルのスコアだって、これまでの最高を更新したのだから。

ただ、またしても首位だったあいつが、そんな俺を上回っていたというだけのこと……。

「いいじゃん。私にとっては、慎治《しんじ》はぶっちぎりで一位だよ？」

「なんの慰めにもなってないんだよなぁ」

「慎治は私の勉強見てくれたんだもん。それなのにそれだけ点取れるんだから、十分頑張ったでしょ」

今回俺は、一人で勉強したわけじゃない。

ここであんまり落ち込んだ姿を見せると、結愛が気にしてしまうかもしれない。

結愛は、今回頑張った。これを励みにしてくれれば、この先もっと成績が上がっていくことだろう。ウジウジしすぎて結愛のモチベーションを下げてしまってはいけない。

「そうだな、最高得点は更新できたし、今回はこの結果で満足するべきだな」

「でしょ？　じゃあもうテスト終わったし、ぱーっと遊んじゃおうよ」

「待て。まだだ。まだ試験は終わってない」

浮かれる結愛に、俺は釘《くぎ》を刺す。

「間違ったところを完璧に潰すまでが期末試験だ。これから結愛には、もう一度期末試験と同じ問題をやってもらう。これに全問正解するまで、俺は教師役から降りないぞ」

「そんなぁ。打ち上げは？」

不満そうな結愛に、終わった後な、とだけ告げて、リビングにて緊急の勉強会が始まるのだった。

◆2【陽キャの光が強くなるほど陰キャの影は大きくなる】

休日明けの教室は、期末が終わり、夏休みが近づいていることもあって、休み時間どころか授業中でも浮足立った空気感に満たされていた。

うちの学校は進学校ではあるものの、毎年東大に何人もの合格者を出すようなレベルではない。高校二年生の夏休みは、大学受験を意識して夏期講習に通うことはあっても、本腰を入れて受験勉強に取り組む生徒は少ないのだ。だからたいていの生徒は、思いっきり遊んだり部活に打ち込んだりできる高校最後の夏休みと捉えているようだ。受験に関する話は、俺の周りからは聞こえてこなかった。

このクラスで今から大学受験を見据えて勉強しているのは、俺くらいなものだろう。

休み時間中、俺は、いつもの問題集ではなく赤本を開いていた。

俺は俺にできることをしている。

勉強という、俺に適性があって、将来的にも役に立つ有意義なことをしている自負があった。

だが、浮《うわ》ついた空気にどっぷり浸《つ》かりながら、いっそう賑《にぎ》やかに学校生活を楽しんでいるクラスメートを前にすると、正しいことをしているはずなのに、一人だけ間違ったことをしているような気になってしまう。

別に、今更陽キャの仲間に入れてもらいたいと考えているわけじゃない。グループ内の関係性が固定された今の時期に混ぜてもらったところで、馴染《なじ》めるはずもないし。

俺が気にしてしまっているのは……教室の教卓の辺りで、楽しそうに話している男女のグループだ。

青春堪能《たんのう》系リア充グループと、結愛や桜咲《おうさき》を中心としたギャルグループが、今日は一緒になっていた。陽キャグループの大連立だ。

わずかな違いこそあれど、お互いにクラスの陽キャグループとして連帯することもあるこの二大グループの面々は、夏休みに遊ぶ予定があるようで、スケジュールのすり合わせをしているようだった。

今更陽キャたちが何をしていようと関係ない。

……はずなのだが、そこに結愛がいるせいか、どうしても聞き耳を立ててしまう。

陽キャグループは、遊んでいるだけのヤツ以外にも、部活に力を注ぐヤツやバイトに精を出すヤツがいるので、遊び以外にも色々な計画をしているようだ。

「――んー、その辺はバイト入れようと思ってるんだけど」

陽キャの一人が何らかの予定を振って、結愛が答えた。

今でこそバイトをしておらず、だから頻繁に名雲家へ来てくれるのだが、最低限の生活費以外は自分で稼ぐと決めている結愛としては、遊興費や服や食費などなどで出ていくお金を確保するために、いつまでも学生一本でいるわけにはいかないのだろう。

「結愛っち、バイトまた始めるんだ？　瑠海《るみ》もなんかやろっかなー」

桜咲の発言で、話題が一旦逸《そ》れ、バイトトークになる。

「瑠海は、どこかでバイトする予定あるの？」

「あるよ。今やろうと思ってるのはね、素敵なグッズショップとかかなー」

そう告げる桜咲は、別にまだ働いているわけでもないだろうに、やたらと胸を張った。

目の前でそんな態度を取られるのだ。陽キャたちは、桜咲がいったいどんなグッズショップで働こうとしているのか、興味深そうにして、あれこれ推測を始める。

「どこも違うんだよねー、瑠海の魂は、そんなとこじゃ動かされないから」

ふふん、と鼻から息を吐いて得意そうにする桜咲は、結愛にちらりと視線を送った。結愛っちならわかるよね？　と言わんばかりだ。

俺にもわかっていた。

たぶん……S道橋の闘神ショップだろう。親父《おやじ》のミニ展示会に行った時、やたらとはしゃいで、今日から瑠海ここの店の子になる～、とか言ってたもんな。

そんな調子で、陽キャたちの話を盗み聞きしていると。

「じゃあ、この日なら、高良井《たからい》も来られる？」

陽キャの男子が言った。有名なテーマパークへ行こうという誘いらしい。

「いいよー。じゃ、その日は予定空けるようにしとくね」

結愛が答えた。

俺は一瞬、「あれ？」という感覚を覚えるのだが、すぐ思い直す。

いや当たり前だろ。結愛は交友関係が広いんだから。

名雲家に入り浸るだけで、夏休みを終えるわけがないのだ。

俺のことはいいけど、夏休み中にも紡希《つむぎ》と会ってやってくれよな。

そこのところさえしっかりしてくれれば、俺から言うことなんてなにもないよ。

さて、勉強に戻るとするか。

俺は俺にできることをやらないとな。夏休みだからって浮かれて遊んでいるヒマなんてないんだよ。

「――あれー、名雲くんどうしたの？　全然勉強できてなくない？」

突然、左隣の席から桜咲の声がした。

いつの間にか、陽キャグループによる打ち合わせは終わっていたらしい。すでに次の授業の教師も姿を現していて、教卓に教科書を広げていた。

「もしかしてー、結愛っちが他の子とどこか行っちゃうこと気にしてるんじゃない？」

なんだぁ、妙な煽《あお》り方してくるなぁ。

「そんなわけないだろうが。高良井さんがどこへ行こうと、高良井さんの自由だ」

それは俺の正直な気持ちのはずだった。

けれど、桜咲の言う通り、俺はまったく勉強が進んでいないのだから……やっぱり気にしてしまっているのだろうか？

「名雲くんって危機感なさすぎでしょ」

桜咲が、これみよがしに大きなため息をついた。なんだよ、腹立つな……。

「結愛っちと仲良くなりたいって思ってる子は、いっぱいいるんだから。名雲くんが結愛っちの彼氏だからってのんびりしてると、めっちゃ肉食な子に取られちゃうことだってあるんだよ？　まあいやらしい目的だったら瑠海が稲妻レッグラリアートで追い返しちゃうけど、そうじゃない子もたまーにいるかもしれないし」

桜咲の言葉をさらっと受け流すことはできなかった。

結愛は、夏休みが迫ったこの段階で、また告白される回数が増えていた。

ここで結愛と付き合えれば、夏休みがもっと楽しいものになる、と、告白する連中はそういう魂胆なのだろう。

「結愛っちの心がいつ名雲くんから離れちゃうかなんて、わからないんだから」

これまで結愛は、いくつもの告白を断ってきたが、だからといってこれからも全部断り続けるとは限らない。もしかしたら次の告白で、いい返事をしてしまうことだってあるかもしれない。

「結愛っちと付き合うのは、そういうことだよ。ずっと競争し続けないといけないんだよ」

その時の桜咲は、日頃、プオタとしてはしゃいでいるところを散々見ていることもっぽいところはまったくなかった。俺よりずっと結愛や、その周辺で起きたことを知っているからこその説得力を感じる。

「……わかってるよ」

たまに忘れそうにはなるものの、元々結愛の存在は、俺からすれば高嶺《たかね》の花なのだ。

結愛の優しさに甘えてばかりもいられない。

何かしら、俺の方から行動を起こさなければ、桜咲が言ったような結末になることだってあり得る。

俺は前から、結愛を追いかけ回してしつこく告白する連中を好きにはなれなかったが、今では少しだけ考えが変わっていた。

やり口はどうあれ、あいつらは行動している。結愛に好きな気持ちを伝えようとしているのだ。

そのせいで、結愛が困っていたことは知っているから、あいつらに倣《なら》うことはしないけれど、積極的な精神には学ぶことがありそうだ。

結愛は、陽キャリア充なポジションにいるだけでは満足せず、苦手な勉強を頑張って、きっちりと結果を出してみせた。

俺も……ひょっとしたら、勉強一本で頑張る考えから変わらないといけないのかもしれない。

◆3【実は結愛も使ったことがあるホームジム】

夜のことだった。

結愛が名雲家に来なかったこの日、俺は一人でホームジムにいた。

我が家には広い庭があるのだが、家の隣には体育倉庫みたいな建物があり、そこは様々なトレーニングマシンが置いてあった。親父が用意したものだ。職業柄、親父はいつでもトレーニングできる環境に身を置いておく必要があるからな。

倉庫然とした灰色の室内だったが、空調は効いていて、真夏だろうと快適にトレーニングができる。

俺は、筋トレをするにしても自重トレーニングばかりなので、このホームジムは滅多に使わない。昔、将来一緒にリングに立って親子対決がしたい、と考えていた親父の期待に応えるべく、ここを使っていた時期もあるのだが、すぐ音を上げたので、結局俺にとってはたまにトレッドミルを使って走る程度の縁遠い場所になっていた。

俺がここにいるのは、鍛え直すためだ。

体ではなく、心を、だ。

健全な魂は健全な肉体に宿る、というのなら、健全な肉体をつくれば健全な魂を身につけられるということ。

要するに、強度の高いトレーニングを通じて自信をつけたかったのだ。

昼間、桜咲から言われたことがずっと引っかかっていた。

このままではいけない、なんとかして変わらないといけない、という気持ちは、こんな俺にだってある。

俺は、所狭しと並ぶトレーニングマシンから、ベンチプレス用のベンチの前までやってくる。

ベンチプレスは筋力トレーニングの定番で、胸板や腕を鍛えるものだ。

「まあ、ムキムキになる気はないし、なれないだろうけどな」

見た目を変えることが目的ではない。高強度のトレーニングに耐えることで、自信をつけることが目的だ。

重いバーベルを扱うベンチプレスは、使い方を間違えると危険だから、俺はできるだけ軽い重りで始めることにする。

本来は補助が絶対に必要なのだが……紡希に手伝わせるわけにはいかない。ガチで筋トレを始めたと思われて軽蔑されるかもしれないから。女子は筋肉が嫌いって聞くもんな。

紡希みたいな華奢《きゃしゃ》で可憐《かれん》なタイプは筋肉なんて男っぽいゴツゴツしたもの、絶対嫌がるだろうし。あと万が一重りを落として怪我《けが》をさせたら大変だ。

「補助がなくても、無茶さえしなければ平気だろ」

親父のトレーニングを見てきた俺には、多少は筋トレの知識があるのだ。

何が危険かなんて、理解している。

俺は、原始時代のお金みたいな形をした重りでバーベルを調節して、専用のラックに乗せると、ベンチに背中をつける。

寝そべったままバーベルを握った俺は、胸から上へ持ち上げたり下げたりを繰り返す。

親父みたいな恵まれた体格ではなく、普段も、勉強前の準備運動程度の筋トレしかしていない俺だ。

軽い重量だろうと、胸の筋肉はすぐ痛くなった。

だが……痛いからといって、ここでやめるわけにはいかない。

むしろここからが本番だ。

辛《つら》いところから、更に頑張る。追い詰められた状態から耐え抜くことで、体と一緒に精神を鍛え直そうというわけだ。これまで自重でトレーニングしていた時は、そこまで自分を追い込むことはなかった。本腰を入れて鍛えるような目的なんてなかったからだ。

辛くなっても、俺はバーベルを上げ続けた。

次第に、キツい、辛い、という思いが頭を占めるようになっていく。

脳がそんな信号ばかり発するようになったせいか、記憶の片隅にある、キツかったり辛かったりした思い出が閉じ込められている引き出しを刺激してしまったようだ。

俺の頭に浮かんだのは、母親との記憶だった。

母親との思い出なんて、あいつが出ていった五歳までの記憶しかない。ほとんど、ないようなものだ。

だというのに、そんな予兆はないどころか、冷たくされた経験なんてないはずなのに、ある日突然俺への興味を失ったみたいに名雲家から消えた時のことは、あれから十年以上経《た》った今も夢に出るくらい強烈に頭に残っていた。

ある日態度が急変して、それまでの日々を一方的に終わらせられてしまう。

結愛でもそれは例外ではないかもしれない。

結愛相手に踏み込めない理由の一つだった。

勝手に決めつけて結愛を疑うのは、紡希や俺に優しい結愛を信用しきれていないようで、そして、自分の心の弱さを目《ま》の当たりにするようで、嫌悪《けんお》感を催した。

悲しみを撥《は》ね除《の》け、嫌悪感を振り切るように、俺はバーベルを持ち上げた。

だが、俺の腕はとうに限界を迎えていたのだろう。

握力を失《な》くした俺の手から危うくバーベルの鉄棒がすり抜けそうになったのだが、鉄棒が胸を押しつぶすギリギリでどうにか受け止めることができた。

「……これ以上やると怪我しそうだな」

俺は、ラックにバーベルを置き、立ち上がる。

「もう左腕が痛いし。変な受け止め方したせいかなー……」

高負荷でトレーニングをしようとすると、こうして嫌なことを思い出してしまうことも、トレーニングから遠ざかってしまう理由だった。

仮の話、だ。

もし、俺が何かしらの訴えを母親にしていたとしたら、名雲家は何か変化があっただろうか?

「五歳児に何ができたって話だけどな……」

どちらにせよ、あの頃の俺はひたすら無力だったのだ。

どれだけ仮定の話を詰めようが、解決策なんて出るはずがない。

だからこそ……同じようなことを繰り返さないための努力はできるはずなのだが、どう頑張ればいいのか、俺には皆目見当が付かないのだった。

◆4【プレス系の技は受けが肝心】

結愛のために変わろうという姿勢を持った俺だが、それでも長年唯一の取り柄にしていた勉強をアイデンティティにしていることからは抜け出せなかった。

昼休み中、俺は非常階段で勉強をしていた。

無茶なトレーニングの代償なのか、今日はやたらと腕が痛かった。筋肉痛ってやつかもしれない。おかげで勉強がやりにくいったらなかった。

あいにくこの日は、結愛は俺の隣にはいない。

俺の、頭の上にいる。

結愛は今日も夏休み前の告白ラッシュに巻き込まれていて、テストが終わって以降は、一緒に昼食を摂《と》ることができなくなっていた。

「高良井、実はおれ、前からお前のことが好きで――」

頭上の踊り場から、告白マンの声がする。

いつもなら、あーまた告白されてんなぁ、なんて思うところだが、この日の告白はちょっとこれまでと違った。

告白マンの声に、聞き覚えがある。

リピーターだからじゃない。この声、教室で聞いた覚えがあるのだ。

気になった俺は、勉強の手を止めて、上の階へとこっそり様子を見に行く。一階と二階を繋《つな》ぐ折返しのような場所で待機しながら、踊り場の成り行きを見守ることにした。

予想した通り、告白マンの正体は、うちのクラスにいる陽キャグループ男子の一人だった。

なんてバカなことをしやがるんだ。

お前これ、フラれたら絶対陽キャグループ間での空気がギスギスするやつだろ。

陽キャたちは人間関係を重視するから、日常的に密な付き合いをする仲間内で告白することには慎重になるものと思っていたのだが、こいつはずいぶん思い切ったな。

それほど、結愛を好きな気持ちを抑えられなかったということなのだろうか？

以前の俺なら鼻で笑っていただろうが、今やそうもいかない。

その熱意は評価するけれど……成就《じょうじゅ》するように応援する気はない。

「弥島《やじま》くん、ごめんね。私さー、今んとこ彼氏とかはちょっと考えてないかなぁ、って。みんなで遊んでた方が楽しいんだよね」

俺が心配するまでもなく、結愛はもはやスパインバスターからのピープルズエルボーくらいお決まりのパターンになった断りの返事を食《く》らわす。

俺が聞く限り、断りの文句は定型でも、ショックは最小限に抑えられるくらい声音は優しかった。

これまで結愛に告白した人間は、その声を聞けただけで満足したみたいに、あっさり引き下がるのが大半だった。

そして、今日の告白マンは同じクラスで、結愛との付き合いが濃いグループの人間だ。しつこく食い下がれば、結愛との今後の付き合いどころか、グループ内での人間関係にまで悪い影響が出てしまう。

「そっか、わかったよ……」

告白マンは、つぶやくように力なく口にし、はっきりとわかるくらい肩を落としていた。

「高良井とは去年から同じクラスで、みんなで一緒に遊びに行ったこともあって、おれとしては結構仲良くなれたつもりだったんだけど……ダメかぁ」

今日の告白マンがこれまでの敗北者と違うのは、クラスメートとして、結愛とガッツリ付き合いがあるということだろう。

これまで結愛が告白されていたのは、クラスメートではない同級生や上級生、下級生ばかりだった。結愛本人の人柄をロクに知らず、告白していた連中ばかりということになる。

だからこそ、しつこく食い下がることもなかったのだろうが。

結愛がやたらと告白されているのは有名な話だから、親しい付き合いをしていた告白マンなら、そのことは知っていたはず。

一年半近く親しくしていた自分は、あえなく散っていった他の連中と違って、勝算があると踏んでいたのかもしれない。

「断らせちゃってごめんな。でも、これからもクラスメートとしては仲良くしてくれよな。おれのせいで変な空気にしちゃうのも嫌だしさ」

告白マンは後ずさるようにして、下りの階段へ向かっていく。結愛の隣には、校舎へ繋がる扉があるのだが、フラれた直後な手前心理的に通り抜けにくかったのだろう。

成り行きをじっと見守っていた俺は、違和感に気づいた。

告白マンの同じ側の手と足が同時に動いていた。

こいつ……フラれたショックで心ここにあらずなのでは？

嫌な予感は、その通りになってしまう。

「じゃ、悪いな。おれの用事はこれだけだから――」

下りの階段に一歩踏み出した告白マンだが、あくまで階段に背を向けたままだった。

本人としては足の裏を十分にステップに付けたつもりだったのだろうが、踵《かかと》の大部分がステップからはみ出している。

「わっ――」

「――弥島くん⁉」

悲鳴に近い、結愛の叫び。

バランスを崩した告白マンは、背中から身を投げるような体勢になっていた。

折返し地点で成り行きを見守っていた俺の頭上に、クラスメートの背中がある。

このままでは、俺まで巻き込まれてしまいそうだった。

だが、俺が避《よ》ければ、クラスメートは怪我《けが》をしてしまうだろう。受け身を取りにくい背中からの落下だから、もしかしたら大きな怪我になってしまうかもしれない。

それに、結愛は、俺がこの場にいることを知っている。

結愛は俺が無茶をすることを望まないだろう。

ここで俺が何もしなかったとしても、それは慎治のせいじゃない、と言ってくれるかもしれない。

だが、万が一ということもある。

結愛からの信頼度を上げる上手《うま》い方法を見つけられずに焦《あせ》る俺は、変なところで印象が悪くなるようなことをしたくなかった。

昨日のトレーニング中、俺は、出ていった母親のことを思い出してしまった。

俺はたぶん、ここで何もしなかったら、母親の時と同じく、結愛が俺から離れていってしまうかもしれない、という思い込みに取り憑《つ》かれてしまっていたのだ。

母親と、結愛は全然別の人間なのだから、そんなことはないというのにな。

俺は冷静な判断力を失っていたのかもしれない。

気づいたら脚に力を込めていた。

普通に暮らしていれば、頭上から男が降ってくるような状況に遭遇したことはないはずだ。想像することすらしないだろう。

だが、俺は違う。

男が降ってくる状況なんて、容易に想像できる。

トップロープからのダイビング攻撃なんて、プロレスでは日常的に見かける光景だからな。

もちろん俺はレスラーではないけれど、会場や映像で、受ける側の人間の動きを嫌になるくらい見たことがあるから、こういう時にどうするのが最善か知っている。

逆ボディプレス状態の相手を受け止めるのは難しいが、やるしかない。

両手を広げた俺は、クラスメートの背中を受け止めると、折返し地点の柵に背中を当てる勢いで後退した。

　クラスメートは俺より少しだけ背が低く、特別体がデカいわけでもなかったが、プロレスラーほど鍛えてはいない俺ががっちりと受け止められるはずもなく、想定していたよりずっと強い勢いで柵に体をぶつけてしまった。

　場外へのダイブ技を食らったレスラーの巻き添えを食らうセコンドをイメージして体を受け止めようとしたのだが、完璧とはいかなかったようだ。

「慎治⁉」

　結愛が俺の名前を叫ぶ。

　クラスメートに怪我はないようで、血が出ている様子もなかった。尻もちをついたまま、驚いた顔で俺を見ている。たぶん、誰だこいつは？　なんて思っているのだろうが。一応、クラスメートだぞ。

　俺はちゃんと受け身を取ったから平気だった……ということは、残念ながらないようだ。

　ぶつけた背中以上に、左腕が異常に痛かった。

　どうも柵とクラスメートの背中によって、一瞬だけだが左腕が挟まれてしまったらしい。見た感じ外傷はなさそうだったから、結局この日は最後まで学校に残って授業を受けたのだが、ズキズキした痛みはずっと引かなかったのだった。

◆5【ペンを握れるなら実質ノーダメージ……にはならず】

学校を休むのなんて、高校に入学してからは初めてだった。


今朝のことだ。

らしくないことをしてしまった翌日、俺は腕の異変を、早速紡希に気づかれてしまった。

「……シンにぃ、なんか左腕変じゃない？」

朝食の席で、向かいに座る紡希が俺をじーっと見つめて言った。

次いで紡希は、目の前の皿を指差す。

「それにこの目玉焼き……いつもよりぐちゃっとしてて、白身もまん丸じゃない。……これはシンにぃの左腕がいつもの調子と違ってフライパンをちゃんと動かせなかったから」

「おっ、名探偵ごっこか？」

うちの義妹は、ひょっとしたら見た目は子供で頭脳は大人な可能性がある。

「シンにぃ～、ごまかさないで」

紡希は憤慨した様子で、俺の横に回り込んでくる。

「なんかシンにぃわたしに秘密にしてることあるでしょ」

「ないよ、ない」

いまだにじわじわとした痛みがある左腕を、咄嗟《とっさ》に隠してしまう。

「つん」

「痛っ」

「ほらぁ！　指で突っつかれただけの反応じゃないよ！」

指を立てた紡希が、ぷんすかしながら頬を膨らませる。

「隠さないで本当のこと言って。言わないとほっぺにチューしちゃうんだから」

「どうして隠す方がご褒美《ほうび》になるんだ？」

「ご褒美じゃないよ！　わたしとチューしちゃったら浮気《うわき》になっちゃうでしょ！　結愛さんに嫌われちゃうんだから！」

拷問されても情報を吐かない誇り高き捕虜のような振る舞いをしたいところだったが、結愛を悲しませる結果になるようなことをすれば紡希から嫌われてしまうので、これ以上秘密にすることはできなかった。

「実は昨日……昼休み中にちょっとあって腕やっちゃったっぽいんだよな」

恥ずかしいから詳しいことは言えなかったのだが、紡希は、どんくさい俺が変なコケ方をしたものと思ったようだ。いや、いいけどな？　別に褒めてもらいたかったわけじゃないし。

「ていうか、折れてるよー、それ。わたしがつんつんしただけでシンにぃ飛び上がっちゃったんだもん！」

「そうだな……ひょっとしたら折れてるかもな」

昨夜に比べれば収まりつつあるとはいえ、いまだに残る痛みからして、とてもじゃないが無傷とは思えなかった。

「もうっ、なんですぐ言ってくれなかったの！」

紡希は怒った。……だが、目に涙が浮かんでいるのが見えてしまった。

「わたしだって家族なのに！」

そう言われた時、俺は紡希に何も言わなかったことを心底後悔した。

せっかく紡希が、家族を自認するくらい名雲家に馴染《なじ》んでくれているのに、俺はそんな紡希を蔑《ないがし》ろにしてしまったのだ。

「わかったよ。ごめんな。……今日、これから病院行ってくるから」

「そうした方がいいよ。わたしのことは送らなくていいから、ちゃんと行ってきてね」

納得してくれたのか、紡希が席に戻っていく。

「シンにぃが痛い思いしたら、わたしが心配しちゃうんだからね。これからなんかあったら、ちゃんと言って」

「ああ、そうするよ、ありがとうな」

「そうだ、今日の料理当番は代わりにわたしが――」

「大丈夫だ。利《き》き腕は無事だから」

「でも」

「任せろ」

これだけは譲れなかった。

実は紡希は……料理がとっても下手なのだ。いや、つくろうと思えばちゃんとつくれるのだ。だが、レシピ通りにつくることなく、自分だけのオリジナル感を出すことにやたらと躍起になるせいか、完成したものはどれも不思議な味がするものばかりだった。

紡希に料理当番を任せたら、今度は腕じゃなくて腹を壊してしまうかもしれない。

「そっか。でも、無理しないでね」

紡希が天使の如《ごと》き笑みを見せてくるので、もう絶対に無茶はできないと思った。

期末試験が終わったとはいえ、授業を欠席するのは、勉強をアイデンティティにする俺からすれば避けたいことだったのだが、紡希から言われてしまったら、従うしかない。

★

病院から戻ってきた俺の左腕にはギプスが装着されていて、三角巾で吊《つ》るされていた。無個性な俺もこれにはニッコリ……できないんだよなぁ。片腕使えないの、やっぱ辛《つれ》ぇわ。

テンプレみたいな怪我人《けがにん》のビジュアルになって帰ってきてしまったのだった。無個性な俺もこれにはニッコリ……できないんだよなぁ。片腕使えないの、やっぱ辛《つれ》ぇわ。

診断の結果、左腕の骨にヒビが入っているとわかった。もちろん怪我の原因は、空から降ってきた敗北者を受け止めるという、今考えるとどうかしているとしか思えないことをしてしまったせいである。

ヒビと診断された俺は、不思議なくらい安堵《あんど》していた。大事ではあるのだが、怪我の中ではメジャーな存在だから、まず間違いなく完治するとわかるからだ。

四週間もすれば、とりあえずギプスは取れるらしい。不幸中の幸いなのは、利き腕ではないことだ。もし利き腕をギプスで一ヶ月近く封印されていたら、勉強の大きな妨げになっていただろうから。俺の存在意義の九割が消えちゃう。

「なにやってんだ、俺……」

結愛に加害者意識を持たせないように、と思っての行動だったのだが、結局俺が怪我をしてしまったわけで、結愛だって気にするに決まっている。敗北者の下敷きになった直後、階段を駆け下りてきた結愛から抱きしめられながらめちゃくちゃ心配された。まあ、それだけならいいのだが、敗北者が「わ、悪い……」とロクに礼も言わず慌てて教室へ去るという不義理をしたせいか、結愛がブチ切れる寸前になったのを鎮《しず》める方が大変だった。いい気分はしないが、結愛のためにも、陽キャグループ間の人間関係が無事に保たれることを望んでいる身としては、敗北者に怒りをぶつけてほしくはなかったのだ。当の俺はいまだに釈然としない気持ちでいるから、あいつを敗北者呼ばわりしているんだけどな。

結局、怪我までして身を挺《てい》した意味はなんだったのだろう。

敗北者は運動部に所属していたはずだったから、俺が下敷きにならなくても、持ち前の運動神経でどうにかしてしまったかもしれないわけだし。

いつもは学校にいるはずの昼下がり、一人でリビングにいる俺は、虚《むな》しさのあまり独り言を口にしてしまう。

「着信いっぱい来てんなぁ……」

ＭＩＮＥに電話。どちらも結愛からだった。病院に行く前に、紡希に言われて結愛にもそのことを伝えていたから、心配していたのだろう。そんな内容のメッセージで溢《あふ》れていた。

プロレス趣味を結愛に告げて以降、隠すべきことがなくなったので、ＭＩＮＥのグループに入っている桜咲からもメッセージが来ていた。

「これ以上心配させられないから、いっそ笑ってもらうか」

深刻に捉えられてしまったら、それこそ俺が怪我した意味がなくなってしまう。

【こんなんなっちゃいました、と】

俺はギプス姿を自撮りして、結愛にメッセージとして送信する。

『……それ、大丈夫なの？』

という結愛の返信が来る。

ついつい送ってしまったけれど、この時間は本来授業中なんだよな。返信早すぎだろ。

授業ちゃんと受けろよな。

『これから学校来れるの？』

【今日は無理だ。安静にしないとだから】

医者からそう言われたのは確かなのだが、安静にしないといけないのは、今日に限らずギプスが取れるまでだ。本当は、三角巾で腕を吊るした状態で学校に行きたくなかった。

怪我した理由が理由だからな。

『じゃ、私が慎治の家行く』

結愛の返信に、俺は、後で結愛来てくれるんだ、程度の感想しか持たなかった。

その三十分後。

まだ午後の授業が残っているだろうに、結愛が我が家のリビングに現れた。

「――慎治、大丈夫？」

「……え？　学校は？」

「早退したに決まってるじゃん」

事も無げに言う結愛は、早速俺の左腕に注意深く視線を送ってくる。

「いやいや、心配してくれるのはありがたいけど、もう病院行ってきたし、ここから悪化することはないんだから、来るならちゃんと授業終わった後でも――」

「だって！」

結愛が、座っている俺の両脚を挟み込むようにして手をつき、身を乗り出してくる。

「慎治が怪我したの、私のせいだし……」

「結愛のせいじゃないだろ」

これが結愛のせいだとしたら、俺の怪我を回避するために、告白を受け入れなければならなかったことになる。

それは、俺としては困ることだ。紡希だって困る。

「慎治がそう思ってくれてても、私が嫌だし、困ってるんだったら私に手伝わせてよ」

結愛は、じっと俺と目を合わせてくる。まるで瞳に閉じ込めて逃すまいとするかのようだ。

「今は慎治のお父さんがいなくて、紡希ちゃんのこともあるし、もちろん自分のこともやらないといけないのに、そんな状態じゃ名雲家が崩壊しちゃうじゃん……」

大丈夫だ、俺の左腕が使い物にならなくなった程度で我が家は没落するほどヤワじゃない。

「片手じゃ大変だよね。料理もできないし、着替えるのも大変だし、お風呂《ふろ》だって……」

心配してくれているのかなんなのか、わなわな震える結愛。

「あ、トイレもか……」

「結愛、そんな心配してくれなくても大丈夫だから」

この調子だと、言えば何でもやってくれてしまうかもしれない。俺の下心を制御しきれなくなる前にストップをかけなければ。

「利き腕をやらかしたわけじゃないんだし、ちょっと不自由なだけで」

だが、俺の声は結愛には届いていないようで、何やら決意をしたような表情をしたと思ったら。

「慎治が腕を動かせるようになるまで……私、この家にいる」

そんな衝撃的な発言に、俺は思わず、どっひゃぁ、なんて古代語を口にしてしまうのだった。

◆6【怪我の功名】

俺の生活は、朝から一変してしまった。

左腕の自由が利かなくなったとはいえ、学校を休み続ける気はない。

登校するために、そして普段どおりの朝のルーチンをこなすために、いつもの時刻に起きてリビングに降りてきたのだが。

「あ、慎治起きたんだ？」

早朝だというのに我が家に結愛がいて、キッチンで朝食の準備をしていた。

制服の上にエプロンを着けていて、長い髪は邪魔にならないように一つに束ねられている。

「腕、大丈夫？」

一旦料理の手を止めて俺を気遣ってきた。

「ああ、大丈夫だ。昨日から何度も言ってるけど、そんな心配することないから」

料理を代わりにやってくれる程度ならいいのだが、着替えまで手伝ってくれようとしたのには参った。多少時間はかかるものの、俺一人でもできるから、わざわざ結愛にやらせるようなものでもないのに。

「いいからいいから。無理しないで私に任せてよ」

結愛は俺の背中を押し、食卓の席につかせようとする。

「昨日は、よく眠れたか？」

観念して席に座った俺は、そう訊《たず》ねる。

結愛は紡希の部屋に布団《ふとん》を敷いて寝たのだ。

「そりゃぐっすりっすよ〜。紡希ちゃんと寝るまでおしゃべりしてめっちゃ楽しかったからね」

フライパンをじゅうじゅう言わせながら、結愛が答える。

突然決まった泊まりだが、紡希の部屋には最低限の着替えがあるから、特に困らなかったようだ。

「なんか、慎治のとこって私にとっても落ち着くみたい。他人《ひと》ん家《ち》って感覚なかったから」

顔だけこちらに向け、にっ、とした快活な笑みを浮かべる。

「なら、いいんだけどな」

「慎治、そろそろ朝ごはんできるから、紡希ちゃん起こしてきて」

結愛の指示に従って、俺は紡希を起こしに二階へと向かう。

結愛のために身を挺したはずなのに、結局結愛の世話になってしまっている。

俺の行動は、思ったような結果にはなってくれなかった。

まあ、あの場で敗北者を見捨てていたら後味の悪いことになっていただろうから、選択に後悔はしていないけどさ。

★

自転車を封印して、徒歩で登校した俺は、途中まで一緒だった結愛と時間差で教室に足を踏み入れる。ちなみにこの日は、結愛が俺の代わりに紡希を駅まで送ってくれた。

それがクラスの地味なヤツだろうと、三角巾で腕を吊った状態で現れれば驚きを提供してしまうらしい。

一応、結愛の周辺に変化が起きないように、非常階段での真相はそれとなく誤魔化すように結愛に言ってあるから、どうして俺が怪我《けが》をしたのか、みんなは知らないはずだ。まあ、桜咲にだけは話してしまったらしいが。もしかしたら、「結愛っちに告白した罪」とやらで敗北者は制裁されているかもしれないが、その辺はどうでもいい。結愛が責任を感じて傷つかないのなら、敗北者がどうなろうと知ったことじゃないからな。

陰キャな俺は、ほんのちょっぴりだけ、目立ちたいからってエア負傷かよ、だなんて陰口を叩《たた》かれるんじゃないかとドキドキしていたのだが、幸いそんな空気はなく、机と机の間を歩いている時に、躓《つまず》かないように椅子を移動してくれるという小さな親切を受けてしまった。

クラスメートの優しさに触れて、ささくれだった心が丸っこくなるのを自覚しながら自分の席に座ろうとすると、隣席のピンク頭がこんなことを言った。

「名雲くん、エア負傷ってなんかヒールっぽくない？　怪我で油断させておいてその固めた左腕でラリアットするんでしょ？」

懸念《けねん》していたことが起こらずに安心していたのに、なんでそれなりに付き合いのあるお前が台無しにするんだよ。なんだかんだで嫌悪《けんお》感はないけどな。そうやって笑いにしてくれる方が気分が楽だから。

ただ、手に油性ペンを持っているのが気がかりなところ。

「ギプスに落書きしていい？」

「断る」

「なーんだ。ヒ○ムちゃんのバンテージばりに今の気持ちを書き込もうと思ったのに」

ちょっぴり残念そうな顔をして、桜咲が油性ペンを机の中にしまう。

席についた俺は、先に教室に到着しているはずの結愛の姿を探そうとするのだが、いつの間にか俺のすぐ目の前に立っていた。

「名雲くん、その怪我どうしたの⁉」

結愛の驚き方はとんでもなくわざとらしいのだが、今はそれどころではなかった。

「ゆ……高良井さんっ！」

俺は注意喚起のために小声で叫ぶのだが、結愛は聞いていない顔をしている。

ここは教室だぞ？

俺と接触していい場所じゃないのに……。

「それじゃ学校生活不便だよね。誰か手伝ってくれる人必要じゃない？」

どうして結愛は教室だろうと堂々と話しかけてきたのかわかった。

結愛は、怪我をしているクラスメートを放っておけない、ということを大義名分にするつもりらしい。

結愛の目論見《もくろみ》は当たったらしく、周囲のクラスメートからは、攻撃的な視線は感じられなかった。今のところは、俺を見守るべき怪我人と考えてくれているらしい。

懸念の一つだった陽キャグループに異変は見当たらなかった。どうやら、結愛は俺が不在の時に敗北者と表立って揉《も》めることはなかったみたいだ。結愛だって仲良しグループがギスギスし始めるのは嫌だろうしな。

「そうだ！」

いいこと思いつきました、って顔で結愛は胸の前で両手を叩くのだが、小さなこどもと高良井結愛が言うところの「いいこと」はたいていろくでもないものと相場は決まっている。

「私が、名雲くんのこと手伝っちゃえばよくない？」

みんなに聞こえるような大きな声で、結愛が言う。

突然の提案に、クラスメートはあっけにとられるばかりで、それはねぇだろ、という反応は今のところ見られなかった。

「ってことで、ごめん、瑠海！　ちょっとの間だけ席代わってくれる？」

なんという勢い……桜咲まで気圧《けお》されているぞ。

「……まー、いいけど。怪我ならしょうがないし」

桜咲は、眉間にシワを寄せてじっと俺の腕を見つめた。

「右手がフリーなら……結愛っちにぐへへな被害が行くことはない、か」

右手が不自由だったらなんか結愛に不都合でもあるのか？　わからんなぁ。

「瑠海、ありがと！」

ご機嫌な結愛が桜咲に抱きつく。一方の桜咲は、人様に見せられない顔をしそうな勢いでニヤついた。

こうして俺は、一時的なものとはいえ、クラスメートの視線を気にすることなく結愛と関われる環境を手に入れたのだった。

◆7【ヒールターンはブレイクの予兆】

授業が始まる。

うちの学校では、机と机の間は人が通れる程度の幅を取らないといけないため、隣同士だろうと机同士をくっつけるシステムにはなっていない。

だから、隣の席に越してきた結愛と机をくっつけているのは、とても目立った。

机同士の距離が近いのをいいことに、結愛は椅子を俺の方へ寄せるので、俺の机を二人で使っているような状況になっていた。近頃結愛とは物理的にも接近する機会が多いのだが、そのシチュエーションが教室になっただけで普段以上にドキドキさせられてしまう。

テスト明けで、終業式が迫っているこの時期だ。教師も多少中だるみしているようで、教室内で唯一机がくっついていようと、わざわざ咎《とが》めることはなかった。訳ありなのは、俺の左腕にくっついているモノを見ればわかるだろうしな。

距離が近いのをいいことに、結愛は授業中だろうと平気で俺に話しかけてくる。

「名雲くん」

結愛が俺を呼ぶ。もはやすっかり名前呼びされる方が慣れてしまっているせいで、名字呼びだとむずむずするな。

「ノート、代わりに取ってあげよっか?」

「大丈夫。利《き》き手は動くから」

怪我人のフォローという事情で納得してもらっているとはいえ、結愛と親しいことがバレたら穏やかではいられないであろうクラスメートのことを気にする俺は、不自然さが際《きわ》立《だ》つような話し方になってしまう。

「高良井さんは自分の板書に集中して」

「タカライサン！」

ぷぷっ、と吹き出しかけた結愛は、口元を押さえて涙目になる。

くそ。自分は平気で『名雲くん』呼びなのに……。

「そーだね。ノートはちゃんと取らないとね」

ニヤニヤし始める結愛は、ノートにシャーペンを走らせる。

『今日も放課後、慎治のトコ行くから』

ノートの端に、俺ではとうてい再現できそうにない丸っこい字で書いていく。

『今度こそ、お風呂《ふろ》手伝わせてね』

おいやめろ、という視線を結愛に向ける。

ガッツリと俺に向いている結愛の大きな瞳は、膜が張ったように潤んで輝いて見えた。

こいつ……バレてはいけないスリルを味わうことを楽しんでいるんじゃないだろうな？

『安心してよー。私も手ぇ使わないで洗ってあげるから』

なにがどう安心なんだよ。不安しかないだろうが。紡希に頼んだ方がよっぽど安心だ。

そんな調子で、結愛は授業中だろうと遠慮なく話しかけたり世話を焼いたりしてくるのだった。

★

危機が訪れたのは、昼休みの時だ。

俺はこの日、なんと教室で昼食を摂《と》ることになった。

結愛の提案である。

俺は自分の席に座っていて、その隣には、膝がこちらの椅子にくっつきかねない勢いで近くに座っている結愛がいた。

「名雲くん、本当にいいの？」

「箸は使えるんだよ」

本当は片手でも食べられるようなおにぎりなんぞを持ってくるべきだったのだろうが、今朝、ご機嫌な結愛が俺用の弁当を用意してしまったので、こちらを食べるしかなくなった。こうなることを見越して用意したんじゃないかと思えるくらいだ。

「でもこういう時じゃないと、私が名雲くんに食べさせてあげることないかもしれないよ？」

いや、こういう時じゃなくても食べさせようとしてくるだろうが……。

一応、俺にだけ聞こえるように言っているつもりなのだろうけれど、もはや声を潜めようが関係ないくらいクラスメートの注目はこちらに向いていた。まるで俺たちだけステージに立たされているみたいだ。

いつものように、非常階段なり屋上へ行ったりしたっていいはずだった。俺は片腕は使えなくても、歩くことはできるのだから。これじゃ変な意味で目立ってしまうだけだ。

結愛のことよりも周囲の視線を気にしていた、そんな時だった。

流石《さすが》に、この状況を目《ま》の当たりにすれば、いくらなんでも妙だと思う人間が出てくるのも当たり前だろう。

「――高良井さん、どうしてああまでするんだろう？」

ふと、そんな言葉が、教室のどこかから聞こえた。

男子のものか、女子のものかすらわからないくらい、ぽつりと浮かんで消えた言葉だったのだが、それは確実に教室内に波紋を起こした。

「そういえば……なんか、すっごく距離近くない？」

「利き手は使えるんだろ？　なんであんな……」

「いくら人がいい高良井でも、あそこまでするのは変だよなぁ」

納得がいかない、といった旨《むね》の言葉が、昼間の教室に溢《あふ》れ、ざわざわとした雑音がいっぱいに広がる。

飯の味がしなくなってきた。

結愛が、教室内でも俺を手伝うと言い出した時点で、こうなるとは思っていたのだ。

発言力のある陽キャが、浮かんだ疑問を胸の中にしまっておくだけにするなんて、無理な話だからな。

これまで、教室内の空気は、たとえいじりやすい陰キャでも怪我人《けがにん》ということを配慮して静観しよう、という流れになっていた。

だが今では、一つの疑問をキッカケに、俺への疑問や不満を噴出させてもよい、とする空気へと切り替わってしまった。

当然ながら、結愛は陽キャグループの一人である。

だから、仲間に声を掛ける軽いノリで、結愛に話しかけに来る男子だっているわけだ。

「なあ高良井。今日はどうしたんだよ？　ヤケに親切じゃん」

陽キャグループの中でも、輪をかけてノリの軽い男子が結愛の席の前までやってくる。

結愛からすれば、教室でよく話す相手として、勝手知ったる仲だ。黙ったままでいるはずもなく、男子の発言に特に気にする様子を見せるでもなく口を開く。

「親切もなにも、名雲くんは怪我してるんだもん。これくらい当たり前でしょ」

主張を変えることのない結愛だった。

「そうかなー。オレ、去年足くじいてちょっとだけ松葉杖《まつばづえ》だった時あるけど、あの時は高良井、別に助けてくれなかったよな？」

この口ぶりからして、去年も結愛とクラスメートだったのだろう。

男子は、おそらく軽口を叩《たた》くように結愛に言ったのだろうが、本心は穏やかではないことが、その声音から感じられる。

俺は、結愛が陽キャグループ内ではどんな態度でいるのか、詳しくは知らなかった。陽キャグループの連中と一緒にいたことはないからな。

だが、俺が思っている以上に、俺のフォローをしてくれている結愛の姿は、仲間ですら不思議に思うくらい献身的な態度らしい。

「そんな優しくしてくれるなら、オレもまた怪我しちゃおっかな」

陽キャ男子の意図通りかどうなのか知らないが、ともかくこいつをキッカケに、クラスメートの言葉から遠慮が消えた。

「まさか、付き合ってんじゃない？」

「名雲が？　ないない」

「だよなぁ。オレ、あいつが勉強以外のことしてるの見たことないもん」

「全然恋愛のイメージとかないよな～」

　恐れていたことが起きてしまった。

　こういう時、クラスで交流がないと圧倒的に不利だ。

　教室で勉強しているだけの俺を理解しているヤツなんていないのだ。クラスメートからすれば、勉強するだけで他のクラスメートと関わろうとしない妙なヤツという印象しかないだろう。そこは俺の落ち度でもある。

　だが、教室内で起きたどんな反応よりも俺の目に留まってしまったのは、すぐ隣にいる結愛だった。

　うつむいているから俺にしかわからないのだが、教室中に響く声を浴びて、悲しい顔をしているように見えた。

　俺からすれば宿敵にして天敵でも、結愛からすれば普段仲良くしている大事な仲間だ。

　そんな仲間から、もはや浅い付き合いとはいえない俺を揶揄《やゆ》するようなことを言われれば、悲しい気持ちにだってなるだろう。

　このままだと、結愛の人間関係がギクシャクしてしまうかもしれない。

　不仲な両親から逃れるように一人暮らしをしている結愛にとって、たくさん友達がいる学校は、安心できる場所のはずだから。

俺のせいで、大事な居場所を失わせるわけにはいかない。

俺は、教室内で結愛と話すことで、クラスメートからどんな悪口を言われるのか、ずっと恐れていた。

けれど今は……結愛のために、ここで何もできないまま座っている自分で居続けることの方がずっと恐ろしかった。

親父《おやじ》に言われたように、今の俺のタイミングに合わせようとし続ける限り、俺はずっと今の自分以上にはなれないのだ。

「──俺は」

俺は、立ち上がっていた。

普段自己主張しないヤツの突然の行動に、教室内の視線が一気に集まる。あいにく、この日は教室で昼食を摂るクラスメートばかりで、空席はほとんどなかったため、向かってくる視線だけでとんでもない圧が掛かった。

視線の端に、頭がピンク色をしたプオタの姿が映る。

桜咲は、バルコニーと教室を繋《つな》ぐ窓の桟に腰掛けて昼食にしていた。

クラス内の陽キャで唯一静観を続けている桜咲を見て、名雲家にやってきた時の、親父グッズフル装備の姿を思い出す。

親父なら、こんな時どうするだろう？

そんな状況を想定して、突き詰めていくと、それまでの恐れはなんだったのだろうというくらい恐怖心が消えた。

離婚スキャンダルでファンやメディアから散々叩かれ、笑いものにされ、リングに上がるたびにブーイングの嵐が起き、それまで築き上げてきた善玉レスラーとしての価値が地に落ちそうになった時、親父は、身に受ける悪意の全てを受け止めることに決めた。それすらも、『プロレスラー・名雲弘樹《ひろき》』の一部として取り込んでしまった。

俺は親父とは違うから、同じようにはできないけれど、マネをすることはできる。

ずっと近くで見てきたのだ。それを再現するだけの材料は揃《そろ》っている。

教室に一人突っ立っている自分を、ヒールとしてリングに立つ親父だと想定してみる。

教室はリングの中が醸《かも》し出すような殺気はないし、クラスメートの態度はブーイングや野次よりずっと生ぬるい。

ヒールとしてこの場にいると想定すると、なんとも物足りない空間に思えた。

ブーイングや野次や嫌悪《けんお》の感情を引っ張り出してこそのヒールなのだから。

もちろん、ここはリングの中ではないから、煽《あお》るようなことはしないけれど、悪口や揶揄が飛んでこようが、むしろどんどん来いや、と開き直った気分になれた。

「俺は昨日、高良井さんに告白したんだ」

いきなり何を言い出すんだ、という顔になるクラスメートたち。

わかっていると思うが、俺は結愛に告白したことはない。

「そして、あっさりフラれた」

フラれた事実はない。だって俺は、好きだ、と結愛に一度も言ったことがないのだから。

「ずっと好きで、片思いしていた子にフラれた俺は、そのショックを引きずったせいで階段から足を滑らせて」

俺は、左腕のギプスに視線を向ける。

「怪我をしたんだ」

本当の話だ。

俺の話ではない、というだけで。

「高良井さんが親切にしてくれるのは、そんなバカな俺のために責任を感じてくれて、だから不自然なくらい世話焼いてくれるんだよ。それだけだ」

教室内は、しんと静まり返っていた。

この空間だけ、宇宙に放り込まれたみたいだ。

クラスメートに、俺の言葉は届いているだろうか？　と気になった時。

「ていうかさぁ、みんな騒ぎすぎじゃない？」

静まり返った空気をガラッと変えるような声が響く。

桜咲だった。

「なんか色々言ってくれちゃってるけどさー、みんなだって名雲くんが瑠海と話してるとこは見てるでしょ？　うちらこれでも仲いいからね」

桜咲は続ける。

「名雲くんは瑠海の大事な趣味パレハなんだよ。趣味パレハが怪我しちゃったんだから、瑠海の親友の結愛っちが名雲くんのこと心配しまくって当たり前じゃん」

パレハとは？　という疑問を浮かべるクラスメートがちらほら現れるものの、桜咲の言いたいことは伝わったようだ。陽キャ類ギャル科の桜咲は、クラス内での発言力は強いからな。

これまで桜咲は、終始周囲のざわつきに乗せられることなく静観していた。

最初から桜咲のフォローがあれば、ここまで窮地に陥ることなくこの場を乗り切れたはずだ。なにせ、結愛の親友なのだから。一発でみんなを納得させられる。

それでも最後の最後まで手助けをしなかったのは、俺を試していたからだろう。

俺が結愛の『彼氏』として相応《ふさわ》しいのか、ずっと査定を続けていたのだから。

親友の結愛までが苦しい状況に追い込まれようとも、黙ってじっとしていなければいけなかったのは、桜咲としても心苦しかったに違いない。

結愛と桜咲の仲の良さは、クラスの人間なら周知の事実で、異を唱える者は誰もいなかった。ピリついていた空気が、一気に霧散していく。

結局俺は、最後の最後で桜咲に助けられてしまった。

だが、桜咲は不満そうにしておらず、満足そうな笑みが浮かんでいるように見えた。

ある程度は俺を認めてくれた証《あかし》だといいのだが。

「ねー、結愛っち。そうでしょ？」

桜咲は、結愛に話を向ける。

「そうだよ、親友の友達は大事にしないとね」

にっこりとした笑みを浮かべて、結愛が言う。

まるで、それ以外の理由はないみたいに。

けれど、それだけが理由ではないことは、俺が立ち上がっている間、勇気づけるように机の下でそっと俺のズボンをつまんでいた右手の様子でわかってしまうのだった。

◆8【自転車がないと帰り道もゆったりモード】

昼休み中の、ちょっとした『事件』を乗り越えた放課後の帰り道でのことだ。

時間をずらして学校を出た俺と結愛は、他の生徒に見られる心配のない、俺の自宅に近い場所にある小さな公園で合流した。

「じゃ、帰るか」

「うん」

二人で肩を並べて、公園を後にする。

この日も結愛はうちで一晩過ごすらしい。紡希の部屋に置いてある私物は、一日泊まった程度ではなんともないくらいの量があるようだ。そのうち名雲家に住み着いちゃいそうだな。俺としては、まあ、結愛さえよければ、それでもいいんだけど。

「昼休みのことだけどさー」

結愛が言う。

やっぱりそこに触れてくるか。

午後の授業中には蒸し返してくることはなかったから、あるとしたら帰りの時だろうと予想していたのだが……当たってしまったみたいだ。

「慎治にしてはめっちゃ思い切ったね」

歩きながら、結愛が俺に視線を向ける。

「でも、怪我《けが》するようなことはもうしないでね」

結愛は、離すまいとするかのように、俺の右腕に左腕を絡《から》めてくる。

非常階段で弥島を助けようとしたのも、結愛としては何らかの理由があると思っているのだろう。

「俺が、あんな無茶をしたのは」

結愛には、伝えておこうと思った。

「あそこで弥島が怪我したら、結愛が気に病むだろうなって思ったのもあるんだけど、俺には、出ていった母親と、結愛を勝手に重ねちゃったところがあるんだよな。ここで何かしないと、あの時の繰り返しになるかもしれないって思った」

あの時はほとんど無我夢中だったけれど、冷静に思い返すと、俺にはそういう恐れがあったのだ。

母親のことは、以前も結愛に話していて、いまだ母親に執着していることを指摘されてしまったから、またか、と呆《あき》れられる恐れはあった。

「それで焦《あせ》った結果が、あれなんだろうな」

「じゃあ、昼休みの時も？」

「……あの時は、結愛のことを考えてたかな」

結愛がクラスの仲間と揉《も》めてしまうことだけは避けたいと考えた時、結愛のことは考えても、母親のことは考えなかった。

純粋に、結愛が傷つくようなことにはなってほしくない気持ちだけがあった。

「よっし！」

「うわっ、どうした？」

突如結愛が飛び上がって勝利の凱歌《がいか》を上げたものだから驚いた。しかも滞空時間がやたらと長い。

「だって、それって私が慎治のお母さんに勝ったってことでしょ⁉」

空の旅から帰ってきた結愛の瞳には、星屑《ほしくず》みたいな光が煌《きら》めいていた。

「まあ、そういうことになるのかもな……」

「えへへ、岩石落としからの片エビ固めで勝利って感じ？」

「勝ち方の例えが物騒すぎるだろ。あんなんでも一応俺の親だぞ。……まあいいけどさ、ずいぶんと結愛らしくないボキャブラリーだな」

「瑠海から教えてもらった」

　だと思った。

　プオタがバレて以降、桜咲はやたらと結愛にプロレスネタを振っていたからな。

「まー、私はもうチャンピオンベルト的なモノは慎治からもらってるから。勝って当たり前だよね」

　結愛は、手首に巻いてあるブレスレットを見せびらかしてくる。

　自分が渡したプレゼントとはいえ、そう嬉《うれ》しそうにされると照れくさくなるな。

「慎治は、私のために頑張ってくれてるよ。結局さー、何をした、とかじゃなくて、慎治が私のためにしてくれたから嬉しいんだよ。気持ちが大事で、それがすごい劇的かどうかじゃないいんだよね」

　結愛は、握っている俺の腕を振り回す勢いで腕を振ってきた。

　まあ、結愛がそう言ってくれるなら、いいんだけどさ。

「でも、よかったね。昼休みのあと、弥島くんが話しかけてくれたじゃん？」

「まあ、あいつもバツが悪かったんだろうな。ずっと黙ってて」

　結果的に弥島の盾になってしまったわけだけど、午後の授業の休み時間中、俺に話しかけてきたのだ。

『名雲、色々迷惑かけてごめんな』

こっそりと謝罪をしてきた。

非常階段でのことにしろ、昼休みのことにしろ、俺としては結愛を守るためにしたことなので、弥島に謝ってもらいたいとは思っていなかった。怪我したことを根に持ってもいないし。

それでも、弥島の気持ち自体は嬉しかった。

「慎治、弥島くんとフツーに話せてたじゃん」

「結愛とか、桜咲のおかげかもな」

結愛が言う通り、俺は挙動不審になることなく、今まで会話をしたことがない弥島ともそれなりにやりとりができてしまった。

これも日頃、結愛や桜咲と関わったおかげだろう。だが、弥島も弥島で、話してみるとそう悪い印象はなく、むしろ話しやすかった。あいつ、陽キャのクセにホラー映画に明るいんだ。『タイタニック』は恋愛映画の被《かぶ》りものをした海洋パニックホラー映画なのだからレンタル屋はホラーの棚に置くべきだ、という俺の主張にも同意してくれたしな。

「怪我のおかげで、いいこともあったね」

「まあな」

結愛の言う通りだと思う。まさに怪我の功名だ。

「でもさー、一つだけわがまま聞いてもらっていい？」

少しうつむきながら、結愛が言う。

「私の前では、他の子が知らない慎治でいてほしいところもあるんだよね」

すると結愛は、小首を傾《かし》げて、ふと考える仕草をする。

「やっぱ、ちょっとわがまますぎかな？」

「いや、いいんじゃない？」

思わず、結愛の手を握る力が強くなってしまう。

「……俺も結愛に対して似たようなこと思わなくもないし」

「じゃあ、帰ったら早速他の子が見たことない私を見せてあげるから、慎治も付き合ってよ〜」

やたら甘い声を出してくる結愛が、手を繋《つな》いだまま俺に肩をくっつけてくる。

「お前が何をやりたがっているのか聞くのが怖いし怪我人は丁重に扱ってくれ……」

「大丈夫だよー、慎治は寝転がってるだけでいいんだから」

相変わらずグイグイ来るな、このギャルは。

「悪いが、紡希が今日は料理当番をするって言って聞かないんだよな。そんな悠長なことしてるヒマはないぞ。お前は紡希の料理スキルを甘く見すぎている」

え、そんなヒドいの？　という顔になった結愛は、一気に心配そうになった。

「結愛も協力してくれ。オリジナリティという呪いから解き放つことができるかどうかに、俺たちの明日がかかっているんだから」

そう、俺たちの戦いはこれからだ。

……なんだか打ち切りみたいな雰囲気の不吉なノリになってしまったものの、俺と結愛と、そして紡希の日常は当然ながら今日も明日も続いていく。

今日俺は、自分の中で少しだけ何かが変わった気がするし、クラスで起きたちょっとした変化を思うと、そう的外れなことではないはずだ。

俺だけでなく、結愛や紡希だって、少しずつ変わっていくに違いない。

けれど俺は。

隣に結愛がいることだけは、変わらなければいいなと思ってしまうのだった。

■エピローグ

終業式を終えた日の、放課後。

俺は結愛《ゆあ》と一緒に、家路についていた。

『どうしても渡したいものがあるんだけど。あ、今すぐじゃなくてー、あとのお楽しみね。帰りね。帰り』

今朝、結愛にそんなことを言われたせいで、俺は学校にいる間ずっとそわそわしてしまっていたのだった。

おまけに、『私にとってめっちゃ大事なモノなんだよね』などと言われたら、ついつい期待だってしてしまうというもの。

「朝に言ってたことなんだけど」

そら来たぞ、と俺は思った。

結愛には悪いが、俺は結愛から何を渡されようとも断るつもりでいた。

「ちょっと待ってくれ」

「どうしたの?」

「俺は……ズルはしたくないんだよ」

硬派で有名な俺は、たとえ窮地を救った礼代わりに何でもしていい権利を手渡されようが、それになびくようなことはしない。

「ドヤ顔で何と勘違いしてるのか知らないけど、慎治《しんじ》に渡したかったのは、これだよ」

結愛が胸元のポケットから取り出したのは、鍵だった。

見たところ、名雲《なぐも》家のものではない。デザインが違うし、ネックレス用のチェーンだって付いていなかったから。

「うちの合鍵」

「……何故《なぜ》?」

「私は慎治の家にいつでも行けちゃうのに、慎治はうちにいつでも来られないなんて不公平でしょ?」

「ああ、それもそうかもな」

なんだ。そっか。

そっかぁ……鍵かぁ……。

オレ、スゲェ、ハズカシィ……。

「慎治〜、ナニと勘違いしちゃってたの〜?」

結愛は、持っている鍵の先を俺の胸にグイグイと押し付け、ニヤニヤの笑みを間近で披露する。

「なんでもないよ」

視線をそらしてしまうことで、俺は邪《よこしま》なことを考えていたと白状してしまう。

「私がそんな回りくどいことしないヒトなの、知ってるでしょ？」

これが冗談じゃないから怖いんだよなぁ……。

「紡希《つむぎ》も結愛の家には行きたがってたし、ちょうどよかったよ」

結愛からもらった合鍵を、俺はポケットにしまった。

「そうそう、紡希ちゃんも連れてくるといいよ」

「ああ、喜ぶだろうな」

「ちょうど、夏休みも始まるしね～」

結愛から言われて、明日から始まる夏休みを想像する。

これまで、俺はずっとぼっちの状態で夏休みを過ごしたのだが、それでも充実していたのは、親父《おやじ》にくっついて海外に行くことが多かったからだ。親父が若手時代に武者修行をしたヨーロッパの国々を回ったり、アメリカ最大の団体が開催する夏の祭典を観戦したりして、プロレス絡《がら》みながら楽しい長期休暇を送った思い出がある。

去年を除いて、だが。

「紡希は、去年の夏は彩夏《あやか》さんのことで大変だったから、今年の夏休みはやたらと期待してるみたいだな」

ここ数日、夕食時に紡希が出す話題は、夏休みは何をするか、ということばかりだからな。楽しみにしていることは間違いない。

「それなら、私たちでめっちゃ盛り上げてあげないとね」

結愛が言う。ちょっと前までは俺をからかう顔だったのに、今は慈母のごとき微笑《ほほえ》みが全開だった。まあ、名雲家の食卓に同席する機会が多い結愛は、紡希がどれだけ楽しみにしているか知っているしな。

「紡希に、本当の夏休みというのを教えてやらなければいけない」

俺は燃えていた。

正直なところ、まっとうな夏休みの過ごし方なんて俺は知らないのだが、心強い協力者がいる今、そんな心配なんてどうだってよさそうだ。

■あとがき

お久しぶりです、佐波彗《さなみすい》です。

このたびは、本書を手に取っていただき、ありがとうございます。

みなさまの応援のおかげで、こうして2巻を出すことができました。

1巻は、特に電子書籍での売り上げがとても良く、某大手通販サイトや、BOOK☆WALKERの売り上げランキングで一位を取るという貴重な経験ができました。一番を取ったのなんて生まれて初めてです。本当にありがとうございました。

レビューやTwitterなどで寄せていただいたコメントの中には、作中人物に対する行動や心境など、書いている自分でも気づいていなかったことまで言及されているものもあり、おかげで自分自身も、以前よりずっと作品に対する理解が深まりました。これからもいっぱいコメントください。カクヨムの応援コメントを含めて、全部読んでます。

1巻のことで心配だったのが、ヒロインの結愛《ゆあ》のことで、初稿はもっとギャルギャルしいギャルだったのですが、改稿の段階で受け入れられやすいようにマイルドな性格になり、結果的に「明るい女の子」色が強くなりました。

「これはギャルと呼んで大丈夫なのだろうか？　タイトル詐欺になってしまうのでは……？」という不安もあったのですが、無事ギャルとして見ていただけたようで良かったです。これからも堂々とギャル小説の看板を掲げられます。

担当様の指摘でキャラチェンジしたわけですが、自分で振り返ってみても、元のままだとちょっと人を選ぶかな……と思いました。

実は、慎治《しんじ》や紡希《つむぎ》も今の姿になるまでには紆余曲折《うよきょくせつ》があるのですが、それはまた別の機会に。桜咲《おうさき》さんは初めからあんな感じですけど。

そんな感じで、作者自身も完全には把握しきれていない部分がある本作ですが、読者様と一緒につくりあげていけるような作品になればと思います。

以下、謝辞です。

担当のT様。

書く側としてはどうしても主観に寄ってしまうので、俯瞰《ふかん》した側からの様々なご指摘、本当に助かります。

改稿でのブラッシュアップあってこその本作だと思います。これからもよろしくお願いします。


イラストレーターの小森《こもり》くづゆ様。

今回も素晴らしいイラスト、ありがとうございます。

原稿が出来上がった時よりも、小森さんのイラストやラフが送られてきた時の方が、「書籍として出版されるんだ」という感慨が湧いてテンション上がります。

漫画家としてのキャリアも歩んでいるそうで、イラストレーターと漫画家の二刀流ですね。これからも応援しています。

(実は自分も水道橋の例の出版社に持ち込みをしていた時期があります)


最後に。

読者の方に向けてどんな距離感で書くべきかわからないので、あとがきを書くのは苦手なのですが、読むのは好きです。

なんだったら、ラノベを買ったら本編よりも先にあとがきを読むことの方が多いくらい楽しみにしています。

なので、今後も本編はもちろんあとがきまでしっかり書いていきたいです。書籍にならないと書くことはない貴重な機会なわけですし。これからもたくさんあとがきが書けますように。


そして次回予告。

次巻は、夏休みの話になります。

周囲の人間関係も賑《にぎ》やかになりつつある中、夏のイベント目白押しなゴールデンタイムに突入するというのに、始まる前からアレがコレした名雲《なぐも》慎治に真っ当な夏休みは訪れるのか？　ご期待ください。


それでは、３巻のあとがきで、またお会いできることを願って。

富士見ファンタジア文庫

クラスのギャルが、なぜか俺《おれ》の義妹《ぎまい》と仲良《なかよ》くなった。2
「おかえり、キミを待《ま》ってたよ」

令和３年12月20日　初版発行

著者――佐波《さなみ》 彗《すい》

発行者――青柳昌行
発　行――株式会社KADOKAWA
〒102-8177
東京都千代田区富士見2-13-3
0570-002-301（ナビダイヤル）
印刷所――株式会社暁印刷
製本所――本間製本株式会社

ISBN978-4-04-074399-8 C0193

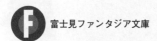

学校……
じろじろ見ないで
【朗報】
俺の許嫁になった地味子、家では可愛いしかない。
秘密の結婚生活《ラブコメ》!

「す、好きです!」「えっ? ススキです!?」。
陰キャ気味な高校生・加島龍斗は、
スクールカースト最上位&憧れの白河月愛に
罰ゲームきっかけで告白することになった。
予想外の「え、だって今わたしフリーだし」という理由で
付き合うことになった二人だが、
龍斗はイケメンサッカー部員に告白される
月愛の後をつけて盗み聞きしてみたり、
月愛は付き合ったばかりの龍斗を
当たり前のように自室に連れ込んでみたり。
付き合う友達も遊びも、何もかも違う2人だが、
日々そのギャップに驚き、受け入れ合い、
そして心を通わせ始める。
読むときっとステキな気分になれるラブストーリー、
大好評でシリーズ展開中!

ありふれた毎日も
全てが愛おしい。

済みなキミと、
ゼロなオレが、
き合いする話。

ファンタジア文庫
何気ない一言も
キミが一緒だと
経験
経験
お付
著／長岡マキ子
イラスト／magako

雨音恵
ILLUST
kakao
「一葉《ひとつば》さん、早く着替えないと遅刻するよ？」

「勇也《ゆうや》君が着替えさせてくれます？」

「はい!?何言ってるの!?」

「ぬーがーしーてー」

「わかった……ハミガキ終わったら脱ごうか」

「え!? え、いや、やっぱり…その…」

「ほら早く！」

「……勇也君!?」

#同棲 #一緒にハミガキ #カップル通り越して夫婦 #糖度300%

I'm gonna live with you not because my parents left me their debt but because I like you

両親の借金を肩代わりしてもらう条件は
日本一可愛い女子高生と
一緒に暮らすことでした。
I'm gonna live with you not because my parents
left me their
debt but because I like you
可愛いJKとのイチャイチャ同棲生活
ひざまくら
いっしょにお風呂
シリーズ好評発売中!
NOW ON SALE

これは世界を救う
久遠崎彩禍。三〇〇時間に一度、滅亡の危機を迎える世界を救い続けてきた最強の魔女。そして——玖珂無色に身体と力を引き継ぎ、死んでしまった初恋の少女。
無色は彩禍として誰にもバレないよう学園に通うことになるのだが……油断すると男性に戻ってしまうため、女性からのキスが必要不可欠で!?
シン世代ボーイ・ミーツ・ガール!
1
王様のプロポーズ
King Propose
橘公司
Koushi Tachibana
[イラスト]——つなこ

最強の初恋
シリーズ
好評発売中!
ファンタジア文庫

切り拓け！キミだけの王道
ファンタジア大賞
原稿募集中！
賞金
《大賞》300万円
《金賞》50万円
《銀賞》30万円
選考委員
細音啓「キミと僕の最後の戦場、あるいは世界が始まる聖戦」
橘公司「デート・ア・ライブ」
羊太郎「ロクでなし魔術講師と禁忌教典《アカシックレコード》」
ファンタジア文庫編集長
前期締切 8月末日
後期締切 2月末日
公式サイトはこちら！ https://www.fantasiataisho.com/
イラスト／つなこ、猫鍋蒼、三嶋くろね